대지의 있는 힘
박철 시집

문학동네시인선 220 박철

대지의 있는 힘

시인의 말

인간은 세다.

다만 그 강인함이 자연과 약한 이들을 해치는 방향으로 너무 쏠려 있는 것이 문제였다. 할 만큼 했으니, 이제 돌아서 누군가를 위하고 자신에게 매몰찰 내치의 시기.

그렇지 않으면 지구보다 내가 먼저 황무지가 될 것이다. 매사 종요로운 일은 사람이 사람으로 사는 것일 텐데, 사람됨은 얼마나 어려운 일인가. 이제라도 주저 없이 사랑과 혁신으로 한 걸음씩 나아가야겠다. 때로는 낙망하고 때로는 기타줄을 퉁기면서, 있는 힘을 다하여.

2024년 늦여름
박철

차례

2부 고운 눈에게는 고운 눈의 삶을 돌려준다

3부 지금이야말로 시를 쓸 때다

1부

대지에, 대지를 향하여, 대지를 이루고

있는 힘

대형 쇼핑센터에 어둠이 밀려오고
한 사람이 무언가를 밀고 있었다
있는 힘을 다하여
한 줄에 스무 개, 열다섯 줄을
어둠을 등에 지고 밀고 있었다
가득한 물건 가득한 사람
가득한 지구를 위하여
빈 수레를 밀고 있었다
아침을 향하여
경건하고 진지하게 밀고 있었다
발등을 세우고 두 손을 움켜쥐고
몸통으로 비스듬히 일직선으로
밑을 바라보며 밀고 있었다
대지란 이런 것이다
발걸음이란 이런 것이다
민다는 것은 이런 것이다
어떤 주장도 외침도 없이
그냥 그래야 하는 것으로
기어이 그래야 하는 것으로
어둠 속에서
모두가 돌아간 곳에서
있는 힘을 다하여
빈 수레를 밀고 있었다

호객

서삼릉 보리밥집은 이름난 식당
사촌과 점심을 먹고 서삼릉 길을 걸었다
서삼릉 곁에 종마장

시민에게 개방했다는데 인적은 전혀 없고
입구 관리인이 여기도 걷기 좋습니다~ 하고
허공에 소리를 지른다

그 소리가 산자락에 아득하고 여간 무안하여
무인도 같은 종마장 안으로 들어섰다

세상 덧없이 조용한 가을날
울타리 너머 늙은 종마들의 생각은 알 수가 없고
새로 도배한 하늘 아래

자다 깨듯 가끔 말 꼬리를 흔드는데
내 생각도 일체 따라 걸었다

흐르다

이르게 세상 떠난 친구의 상가에서
고인의 어린 손주가 문상객들 사이를 헤집고 다니다
야단을 맞고 우리 자리에 와 앉혀졌다

우리 나이론 조금 빠르게 얻었다 싶은
이 어린 손주만할 때에
친구와 나는 이웃집에 살았다

나는 한동안 옛집 골목을 떠올리다가
살며시 아이의 손을 쥐어보며
친구의 이름을 한번 불러보았다

그대 장대 같은

얼어붙은 행주강을 건널 때 연이 할아버지는 긴 바지랑대를 끌고 집을 나섰다

설 지나 강물이 풀리기 시작하고 물 건너 원당으로 사금 팔러 가는 길이었다

행여 빙판이 깨지면 대나무는 얼음과 얼음에 걸쳐 생명줄이 되고 얼음을 타면 노가 되었다

뚝뚝 얼음 갈라지는 소리가 싸락눈 아래 흩어지고 발 묶인 나룻배가 서럽다 봄을 부르고

임진란 적을 베듯 연이 할아버지는 당신의 두세 배 되는 대나무를 들고 거침없이 언 강을 건너곤 했다

연인

시선당(詩仙堂) 겨울 마룻바닥은 차기도 차다
그래도 그렇지 잠시 마음 비우겠다며
난로를 곁에 두고 그도 모자라 마음속 불을 지피네
매화는 칼 같고 옛 시인은 붓을 버렸건만
새와 사슴을 쫓는 시시오도시(鹿威し)* 소리
지난밤 뜨거웠던 난로는 잠시 말을 감춘 채
서설 속 눈물 보태며 묵상에 젖네

* 농사에 피해를 주는 새나 동물을 쫓기 위해 설치하는 기구.

뚜렷한 시인

그는 지금 사라지고 없다
젊은 날 어김없이 출퇴근하고 저녁엔 친구들과
술을 마시고 주말엔 가파른 산에 오르고
그리고 그는 몇 편의 남다른 시를 남겼다
누가 봐도 그는 요란하지 않고 나약하지 않았다
나는 이런저런 자리에서 그를 서너 번 보았는데
언젠가 내가 사는 동네 어귀에서 우연히 만나
마주앉아 딱 한 번 그와 길게 대작을 했다
아시안게임에 온 북한 응원단을 동행 취재하며
답가를 불러야 할 때 노래 대신
나는 '더디게 더디게 마침내 올 것이 온다'던
그의 시를 낭송했다

지금 그를 기억하는 이는 별로 없을 것이다
홀로 배낭을 메고 골목길을 나서듯 그는 사라지고 없다
무용의 일상이 나를 초라하게 만들지 않은 것처럼
칼같은 일상이 그를 고귀하게 만든 것은 아니다
그의 빼어난 시가 그를 뚜렷하게 만든 것도 아니다
오래도록 술잔을 채워주며 흔들리지 않던 그의 손길
자리가 끝나도록 흐려지지 않던 묵향
정작 굳은 얼굴 뒤의 다정한 눈빛이
절로 그의 이런 시구를 떠올리게 할 뿐이었다
'너, 먼 데서 이기고 돌아온 사람아'

사랑이 떼지나

우리 늙어도
죽도록 사랑했던 거리는
지워지지 않는다
헤어져도 버리지는 못한다
떠나는 것은 사람의 마음이지
사랑이 변하는 것은 아니다
어떻게 사랑이 변하나
오늘 다시
구겨진 종이에 길바닥에
입김 다시 불어 유리창에
그려보라
사랑이 떼지나
기억 흐릿하여도
오독(誤讀)은 있어도
입김 지워지고 모습은 사라져도
사랑이 변하는 것은 아니다
사랑의 풍경이 변할 뿐이다
눈빛 다하여 허공에
나란히 몸으로 쓴 말
숨이 다해도 빈자리마저
사라지는 것은 아니다
사랑했던 사랑마저
변하는 것은 아니다

동행

나에게 뒤안길이 있다면
숨은 길도 나를 걷게 하라
발길 더하여 즐긴다면
푸서리도 서툰 나를 즐기게 하라
내가 위안받은 그 어느 바람도
실로 가볍게 돌아갈 수 있도록

오늘은 살진 달이
왜에? 하고
누운 나를 바라본다
낮에 다녀간 가랑비처럼 나를 붙들고
얇은 이불을 덮어주고 있다
내가 잠이 들면
달은 곁에서 어제 하던 페인트칠을 마저 하다가
잠시 이마를 대고 오래된 말 다시 전하며
힘차게 발을 굴러 돌아가리라

별들도 세상 구경에 자리를 떠나지 못한다
검은머리물떼새가 살살 거닐고 강물도 한 손 더하여
간지럼을 참지 못해 배를 구르는 외진 곳
이러할지니
나에게 아직 낯선 그림자가 있다면
그림자도 나에게 기대게 하라

소년에서
─간헐적인 너의 전부

마을 밖 너는 자랐다
열매로 세상을 이롭게 하지도 않고
그늘로 나그네를 쉬게 하지도 못하였고
굵거나 곧지 못하여 동량이 되지도 않았다
그러나 너는 잘 살아주었다
누가 너를 키웠는가
솔바람이 너를 키웠을지 모르지만
창밖 빗물도 분명 너를 일으켜세웠지만
너는 가끔 너에게 큰 점수를 주어라

간헐적 빗물이 떠나간 뒤
네 눈물이 너의 뿌리를 적시고
너의 뿌리가 나를 안아주었다
내가 아는 세상의 전부가 되었다
너는 낯익은 나무지만
나는 너를 스치고 너는 나를 지나고
밤마다 더듬거리고 춥고 돌아보느라
굽고 뒤틀리고 어느덧 말벌과 수시렁이만 가득하다

너는 좋은 나무인데
나는 좋은 나무예요, 라고 말하지는 못한다
너는 세상을 사모하는 나무였는데
세상은 너를 제풀에 멀어진 나무라 부른다

비 그치고 구름 비낀 청잣빛 하늘도
이제 외롭게 남겨진 너의 눈빛 속을 걸어가리라
사는 일과 스치고 지나는 모든 이들과
빈번한 초록과 간헐적인 너의 전부
멀리 대지에, 대지를 향하여, 대지를 이루고
너는 너 하나로 가득 자유와 생명을 내어 던지며
대지의 있는 힘
산마루 이어 넘는 너의 노래
가끔 너는 너에게 큰 점수를 주어라

미친 듯이

양광(佯狂)
나는 이 말을 정희성 시인에게서 들었다
선생은 기축옥사를 저지르고
가짜 팔난봉 행세를 하던
정송강(鄭松江) 일컫는 얘기를 실록에서 보았다 한다
사관은 초나라 사람 위초의 얘기를 듣고
사초에 담았을 것이다
아니면 중국 사서나 기서 어디서 보았겠지
사람이 사람을 벌하기 전 애초에
말과 글은 없어도 어버버하는
순한 몸짓만 있었으리라
그 뜻이 씨가 되고 싹이 되고
연둣빛 초가 되어선
한마디 말로 도랑물처럼 흘러 나에게까지 왔다
식어가며 얼굴을 드러내는 그 말이
나를 떠나 또 어느 곳에 닿을지 나는 모른다
누군가에겐 한때 유일한 호명이 되기도 하는
색도 모양도 변하며 떠다니는 그 말은
가만 생각하면 모두 제 모습을 일컫는 것만 같다
아쉽고 서러운 저를 받아들이는 말 같다
그 모양들에게만 다가가는 것인지도 모른다
그러나 얼마나 다행인가
푸른 이끼도 한때는 기울어지고

말도 잠시 그늘 아래 쉬다 일어서며
빈 거리에 나앉은 파초 같은 우리가
그렇게라도 한구석
견디며 살 수 있다는 것은

석제사유가부좌상

건물과 건물 사이
메마른 바닥이 안됐는지 구청에서
실개천 같은 물길 하나를 만들어주었다
덕분에 일찍이 텃새가 된 홍단 청단 몇 그루와
멀리 날아와 자리를 잡아가는 팜파스그래스
아직 계절이 낯선 화초들이
한아름 피었다 사라지곤 한다
나는 하늘에 잠긴 길의 끝 벤치에
지난 십삼 년을 하루같이 앉아 있었다
어디서 왔는지 모를 외래종 풀들처럼
그때 내가 무슨 생각을 했는지
그 시간이 일생의 어느 크기인지 헤아리기는 힘들다
밤마다 조금씩 어딘가로 가고 있는 것이 분명한
발아래 큼지막한 돌덩이 셋이 조경으로 놓여 있고
나는 돌처럼 앉아 돌들을 바라보는 게 전부였다
서로 그럴 수밖에 없는 처지였다
사람에 의해 그어진 실개천이
흐르다가 결국 땅 밑 하수구로 슬며시 지워지듯
한여름 폭염에 운석과 나는 수풀을 뒤집어쓰고
한겨울엔 경비원이 밀어낸 눈 속에 묻혔다
벌거벗지도 솜이불을 두르지도 못한 채
강으로 가지 못하는 실개천이 되어
백삼십 년은 더 기다려야 할 마음 하나로

하루를 건너지 않고 어딘가 멀리 바다를 건너보았다
알고 보면 다 곡절이 있는 건물과 건물 사이
햇살과 바람을 건네는 생솔가지 곁으로
지친 듯 날아온 비둘기 한 마리
붉게 밀리는 발걸음을 따라가보면
비둘기는 가끔 나처럼 앉아 울고 싶어했다

흐르는 강물처럼

'흐르는 강물처럼'
이 말을 좋아한다
가끔 작게 소리 내 읊조리기도 하는
멀리 북악의 등짝 같은 거기 떨어진 그늘처럼
바라보는 자리에 따라 달리 보이는 강은
막막한 장애물을 떠올리게 하고
안일한 자세를, 때론 너와 나를 가른다
그러나 여러 모습 중에 나는
요란하지 않으나 쉼없이 낮춰 흐르는
강물의 한자리를 사랑한다 변함없는 나부낌을
그러면서 먼 곳을 향해 나아가는 온갖 힘
끝없는 방황을 좋아한다
그만그만한 광야에 우뚝 솟은 강물의 북악
세상에 없는 바위산을 사모한다
이롭다는 것은 멈추지 않는 것이리라
아무리 애타는 갈증도
물을 움켜쥐고 마실 수는 없지
하늘 보듬어 가난한 이의 손길 펴는 곳
유실이 아닌 부활로써 누구든 끝없이 흐를 때
죽을 만큼 살았다는 강물의 낮은 문장을 좋아한다
흐르는 강물처럼
있는 힘을 다하여 산맥처럼 걸어가는 강
자꾸자꾸 안에서 풀려나오는 강

멀리 가는 길에
내겐 흐른다는 말만한 찬사가 없다

호마병

젊은 날 청하방 옛 거리는 정말 좋았지
제 손이 있어도 서로 호마병을 먹여주었네

혹시나 해서 다시 와보니
사람도 호마병도 없건만
그 사랑 아직 입안 가득하구나

꽃의 노래

아무리 아름다운 꽃이라도
저절로 내는 향기는 없습니다
바람과 빛과 시간이 실어나르지요
실어날라도 바람과 빛과 시간을
만들어낼 수는 없습니다
백화점에 가면 끌려온 선풍기 바람이나
서로 다른 불빛 아래
꽉 찬 선물 봉투처럼 냄새가 흘러넘치지만
그걸 향기라고 부르지는 못합니다
향수 냄새일 뿐이지요
세상을 지키는 스펙트럼
바람과 빛과 시간이 실어나르는
꽃의 향기는
짝을 부르는 소음이 아니라
짝을 모셔오는 노래입니다
그 노래를 들으면
만물에서
저절로 박수 소리가 나옵니다

전광석화

어디서 맑은
휘파람소리

아득한 호명에
고개 드노니

꿈인 듯 다가서는
돌개바람

창가의 흔들림
귀를 닫아도

데인 듯 안겨드는
휘파람소리

전광석화란
이런 것인가

낙담도 하여라
멀어지는 소리

심연

더 깊은 만남을 위해 물속에
머리를 담그는 노을 속의 백조들
만남은 생과 사의 불꽃이려니
슬프게 피어나는 고요 속의 입맞춤은
세상의 모든 잘못을 용서하리
활시위를 견디는 것은 화살이 아니라
결국 나의 여린 어깨인 것을

죽음의 내력

세상이 펼쳐질 때 그도 태어났다
빛의 일부로서 한없이 관대한 태양의 팔들처럼
원 없이 가까운 일부의 전체로서
이미 먼 우주 속에 숱한 흔적을 남기고
오늘도 그들은 스크럼을 짠다
한발 한발 기어이 다가서야 할
젖무덤을 향하여
아, 부르지 못할 이름
온종일 기어서 꼼지락거리며
일생의 어린 그림자 순한 웃음을
온전히 내 것으로 소유한 채
오늘도 그는 한껏 얼굴을 뽐낸다
내가 떠나도 그는 남을 것이다
내가 떠날 때 조금은 서러울 것
노을처럼 다가서는 그에게
은유로 잿빛 사정을 말할 필요도 없다
이미 전쟁터에 살고 있다고
사랑은 저만큼 흘러갔다고
하긴 그에게 아픔이 무슨 소용이랴
차라리 그가 영원히 내려서지 않는
대지에게나 모든 정열을 퍼붓고 가자
내일이면 그는 또 찬란히 떠오를 텐데
우리의 사정을 말할 필요는 무언가

죽음의 벤치는 근원(近園)의 서정시
모두가 떠나도 어김없이 돌아오는
낮과 밤을 잉태한 계절의 제스처처럼
소리 없는 그의 강인한 지속성
나는 단지 떠나지 않는 그의 이름을 헤쳐 불러볼 뿐
파괴자가 아닌 영원한 생산자

오, 죽음이여
네가 있어 차라리 인생은 장엄한 것이다

상처

책장이 쓰러지면서 책이 쏟아졌다
아무도 다치지 않았다 다행이다
상처 입은 책이나 책장보다
더 약한 존재들은 다 어디로 갔나
그것들을 정성으로 세워놓고서

갈매기

 내가 태어날 때 서울 강서구, 양천구는 다 김포 땅이었
다. 평야에 인물 없듯 인근에 큰 명승이 없다지만 옛사람
들은 그래도 8경을 꾸려 자찬하였다. 무릇 양강어화(楊江漁
火)는 양화진의 고기잡이 불을, 목멱조돈(木覓朝暾)은 목멱
산, 즉 멀리 남산의 해돋이를, 계양낙조(桂陽落照)는 계양산
의 해넘이를 일컫는다. 행주귀범(杏州歸帆)은 행주로 돌아
드는 돛단배 무리가 장관이었고 개화석봉(開花夕烽)은 개화
산의 저녁 봉화를 자랑삼았다. 한산모종(寒山暮鐘)은 옛 한
산사(寒山寺)의 저녁 종소리요, 이수구면(二水鷗眠)은 한강
으로 흘러드는 안양천 어귀의 잠든 갈매기 식구가 보기 좋
았다 한다. 이에 산자락 다독이는 어느 말사의 저녁 종소리
도 아스라하지만, 내가 기중 제일로 그립는 것은 맑은 날 일
없이 한강가를 우왕좌왕하는 흰 갈매기의 푸른 날갯짓이다.

주먹도끼

사랑도 미움도
여기까지만 해야 하는 거 아닌가 하고
마음이 오락가락할 때는 많이 늦은 거다
오다가다 들른 고대 유적박물관
한탄강에서 주한미군이 소풍중 발견했다는
주먹도끼를 만나 그런 생각이 들었다
인류가 돌도끼를 들던 거기까지만 했으면
거기서 서너 마장만 더 갔으면 좋았으련만
너무 멀리 왔다는 후회는 과한 우려일까
걸친 것 별로 없고 주먹도끼를 쥐고 있던 시절은
조용하고 가득하고 차별의 비통함은 적었으리라
분명 살상의 무지막지도 적었으리라
그 시절로 돌아갈 수는 없는 일이다
발버둥쳐도 소용없는 사랑과 미움처럼
뉘우쳐 되돌아갈 수는 없을 것이다
그러나 돌아가는 것이 아니라
지평선을 넘어가고 또 가고 또 가서
주먹도끼를 쥐던 시절로 다가설 수는 있다
그런 사랑도 미움도
이왕 멀리 가는 길에 내닫는 김에 아득히
부딪고 또 치달아 있는 힘을 다하여
거기까진 가보자

밀월

한낮, 구름 따라 달이 간다
멀리 나는 달
일없이 화려한 몸
생각느니 밀월만한 여행이 없다
밀월이 신혼만 이르는 말은 아니지

그릇의 9할은 깜깜하지
그러나 극약 같은 1할이
그릇을 가득 채우지
보이지 않는 세력과 날개가
다시 숨겨진 희망이

물길 닿는 하얀 사막엔 당신이 뜨겁게 걸어가지
구름 가고 달 가고 기적(汽笛) 같은 손길로
긴병 떨치고 잠시 날다 돌아오며 감기는
밀월
생각느니 아, 그만한 혁명도 없다

일 포스티노

1

해가 바뀌어 문인 주소록 확인 전화를 받았다
지난 삼십칠 년간 한 번도 바꿔보지 않은 주소를
이제 바꾸기로 했다
어른들 병환중이고 시간도 흘러 주소를 지운다
긴 세월 비가 거세건 눈이 쏟아지건
우체부는 외진 집에 와서
문을 두드리고 우체통을 열고 문 앞을 다녀갔다
그 일은 풍선에 바람을 불어넣는 일이다
신과는 다른 복음을 풍선 속에 불어넣는 일이었다
늙은 부모님은 내 인연의 가장 소중한 끈으로
혼서지를 받들듯 책들을 들여놓았다
모두 오랜 수도사들의 몸짓과 다를 것 없었다
손전화도 없고 택배와 우편물이 뜸하던 시절
전국에서 심지어 호주 미국에서 보낸
우편물이 얼마나 될까 일 포스티노
그는 나만을 위해 한 번도 거르지 않고 골목길을 걸어왔다
눈길과 빗길과 낙엽을 밟으며 전생의 연인처럼
수많은 하루의 정중앙을 오가던
모든 우체부의 조용한 발걸음은
달리 말할 수 없는 한낮의 제의(祭儀)는
얼마나 수고스럽고 따뜻했던가

2

그 집으로 가는 길, 발 앞에서
보도블록 사이사이
찢긴 풀잎들이 따라온다
나는 일 포스티노
삶이 어렵다 말하고 싶지 않다
혁명이 필요하다고도 않으련다
보도블록이 밀려오기 전 굽은 길이 있었을 뿐
우리는 세상에 가장 강인했던 인디언이라 믿는다
구름 아래 마땅히 가는 길
쪼그려앉아 시인의 운명을 생각하니
어찌됐든 그의 전생은 찬란했을 것이다
언덕 너머 긴 강이 흐르고
덩치 큰 나무가 허리를 굽히고
공룡들은 큰일 없이 배가 불렀을 것
꽃이 필 시간에
새들은 숨죽여 잠을 잤을 것이다
솔잎 같은 시간이 지나고
이제, 아직도
누군가 나를 기다리고 있다는 것을 안다
그는 낮은 이로서
빈 곳 모든 틈새에 가득하다

그 집으로 가는 길 그 집 문 앞에서
실밥 풀려나간 옷소매를 만지다가
문득 눈물 거두는 이유도 자리를 내주고
나를 올려다볼 수 있기 때문이다
모든 위대함은 일상이 일으켜세운다는 것
자연의 한 자리로서
이름은 사라졌으나 아직 그 집의 소식은 푸르다
햇살과 눈물과 감나무와 어머니 어머니
거기에 있으나 이름은 사라진
그 집은 죽지 않는 우리들의 영원한 집이다

전환기

자, 그렇게 바라 마지않던 노인이 되었다
리턴!
이제 다시 청춘으로 돌아가야지 너무도 익숙한 자리
지겹도록 따라오던 방황의 뜰 고무줄놀이하듯
폴짝 건너면 닿을 듯 철들지 않던 곳, 겨울만이 있던 곳
봄이 멀지 않던 자리 그러나 영원히 봄은 오지 않던 곳
그곳을 향해 전속력으로 달려가 말해야지
가서 소리쳐야지
나 있는 힘을 다하여 먼길을 돌아왔노라
나는 포기의 숙련공 좌절의 부호 희망의 불세출
자, 이제 지친 말을 뒤로하고
나 혁신으로 돌아가 생을 완주하려네
피곤이여
굿, 바이

오래된 병

식욕을 잃듯 그리움도 잦아질 수 있다면
아, 몸속 한구석 늘어진 자루에
숨겨둔 강산성 한 방울로 다 분해될 수 있다면
지겹게 윤회하는 이 뭐뭐 할 수 있다면
이제 그 아쉬움도 눈물도 그것마저
욕조 속에 쳐넣어 물을 내린다
산탄처럼 공정한 봄이 온다 해도
거리엔 너무 오래된 병이 있어
세상은 갈수록 어두워지고 그악해진다
하루면 산마저 개울 건너 달아나버린다
지상엔 너무 익숙한 길이 있어
플라스틱 꽃들이 꾸며낸 말 애초에 없던 말
말 말 말들뿐, 그러나 너무 오래된 병을
아주 고칠 수 없는 것도 아니다
꽃잎 하나 보이지 않는 황무지에서 외롭게
나무를 심던 엘제아르 부피에처럼
저무는 산마루에 섰던 엘제아르 부피에처럼
누군가 아주 작은 일을 숨어서 할 수 있다면
세상이 다 좋은 것만은 아니라 해도
세상이 더 나쁜 곳으로부터 달아날 수는 있다
문제는 그것이다
아무도 가지 않는 길을 가는 게 중요한 것이 아니라
아무도 모르는 길을 가는 것

이 한 생각이면 없는 신마저 만들 수 있다
허물 속의 허물
쓸려간 그 욕망 가볍게 바로 세울 수 있고
지상엔 오래 숨겨진 기쁨이 자라고 있어
그리움도 세월도 식지 않는 그 이유 하나만으로
마음은 허공을 향하여 솟구친다

세집메

어디에나 벌이 있지
꿀을 만드는 벌이라 해도 괜찮다
벌이 있는 곳엔 어디에나 벌말이 있지
일벌처럼 바지런한 사람들이 모여 사는 마을
김포에도 벌말이 있었지
벌말매운탕이나 벌말기사부페로 적잖이 알려진
김포 벌말에는 세집메가 있었지
김간난 여사 동생네가 살던 곳
세집메
우리말은 우리말인데 어딘가 물 건너온 것 같기도 하고
달라붙으면서도 언뜻 메치고 되치는 도리깨인가 싶은
해마다 한강이 넘쳐 김포벌이 바다가 되면
구릉 위에 세 집 초가지붕만 손등처럼 섬으로 떠 있던
세집메 살아? 하고 업수이여겨지기도 하던 세집메
물론 벌이나 뻘이 어디에나 있는 것은 아니다
그래도 뒷산에 올라 서둘러 바라보면
어디쯤인가 멀리 보이던 물과 들이 있어
단박에 눈이 시원해지고 숨이 트이고
한 번은 훨훨 날아 자분자분 내려다볼 수 있을 것 같은
살포시 내려앉으면 푹신한 초가지붕과
손 벌려 어린것 받아 안아줄 누군가와
한여름 물난리에도 지붕 셋쯤은 남아 있는 벌이
어딘가엔 반드시 살아 숨쉴 것이다

시간이 흐를수록 눈감으면 새록새록 떠오르는 사람처럼
아리고 쓰리고 다음 생에도 꼭 한 번만 더 만나고 싶은
금물결 은물결 아득한 대지에 손등처럼 엎어진
초가집 세 채쯤은 저마다 지니고 살아낼 것이다

노변 풍경

저렇게 한자리를 지키다 가는 나무들은 참 무던합니다
큰 욕심 없이 잠깐 자리를 지키다 가는 풀들도 대견합니다
위대하다는 말을 해주고 싶으나 주제넘는 생각만 같고
그것참, 그렇단 말이지, 네가 내게 그랬단 말이지
나잇살이나 먹어도 도리 없어 밤하늘에 눈물겹지만
변함없이 반짝이기론 서 있는 것들이 더하지 않습니까
그래서 나도 잠시 길바닥에 서 있습니다
올겨울엔 백석해장국 주인이 나무에게 흰 눈을 신겨주었고
옆집 사람은 썰다 남은 동태 꼬리를 고명처럼 올려놓았
습니다
요즘 성탄이라는 말은 사라지고 그래도 사람들이 약간 흥
분은 하는데
맥락 없이 돌아가는 입간판이 부채질하는 곁에서
나무가 신은 빙수 신발이 명년엔 조금 더 따뜻하겠습니다
눈 속에 묻힌 발이 오늘은 다만 가지런히 쉬고 싶어합니다
다들 어디로 갔는지요
도리 없이 서 있기론 맹한 사람도 여간하고
버림받은 사랑은 이제 정류장에 도착하였습니다

물 한 잔

하늘을 이불 삼고 땅을 요 삼고, 산을 베개 삼고 구름을 병풍 삼고, 달을 등불 삼아 유유자적하던 진묵 스님에게도 한 가지 걱정은 있었으니, 춤을 추다 소매 자락이 곤륜산에 걸리면 어쩌나 하는 거였다.

하늘은 먼저 간 이들에게 넘겨주고, 땅은 살아 있는 이들에게 빼앗기고, 산은 연인들에게 내주고, 구름은 민통선 너머로 갈 것이고, 달은 해 따라 숨을 것이나, 나에게도 한 가지 기쁨은 있으니 맑은,

맑은 물 한 잔 마시는 일이다.

2부

고운 눈에게는 고운 눈의 삶을 돌려준다

의자

갈참나무 허리에
연선아 좋아해, 하고 새기는 일이나
원고지에 몇 자 적는 일이나
본질은 같다

의자 모서리를 움켜쥐고 그때 그 자리에
다시 노을이 젖어오고
나는 더 우회적으로 이 일을 생각한다

어떤 기적이 있어
기대앉은 의자에 새잎이 돋고
수맥이 흐르고
나는 둥둥 떠서
기어이 너에게 갈 수도 있다

능수버들

가뭇없긴 매한가지, 강물이 말한다
니는 써라 나는 흐른다—
묵은해는 종일 물결 위를 떠다니고
낯모를 구름도 모여 가는 강기슭에
고향집으로 기울어진 푸른 능수버들 하나
굵직한 먹물을 찍어다 쓴다
상모 돌리듯 휘갈겨쓴다
오늘도 고단한 자태, 있는 힘을 다하여
기나긴 눈물 찍어다 쓴다

과거를 앞세우지 말고 미래를 잊지 말 것
진인사대천명이라,
찬란한 빛줄기
저무도록 흐르는 강물 섞어가면서
긴 가지 들어 한 가닥 말을 받아
가진 힘을 다하여 쓴다
정처 없긴 마찬가지,
능수야 버들 해종일
강물아 흘러라 너는 가서 죽어라
나는 쓴다

어느 개체와 보낸 한나절

둘째 딸의 부탁으로
난생처음 반려견과 함께 한나절을 보냈다
부탁한 대로 천변 솔숲 길을 거닐고
나름 정성을 다해 놀아주면서
처음으로 개의 제 모습을 유심히 바라보았다
개는 확실히 생각이 있고 말이 있었다
청맹과니인 내가 조금 지쳐 외면을 하자 개는
쓸쓸히 한구석으로 가서 몸을 뉘었다
어깨를 내리고 깊은 사색 속으로 걸어들어갔다
한나절에 얼마나 보고 무엇을 알 수 있겠냐마는
잠깐의 만남과 스쳐지나는 범연함으로
나로선 적잖은 생각을 하게 만들었다
우리가 정성으로 개를 대하고 가족이라 이르고
때론 사람보다 귀하게 모시고
차라리 사람보다 낫다고도 하지만
어디까지나 그건 사람의 생각일 뿐이다
일방은 아니라 해도 개의 입장에선 편향의 호의다
내가 만약 뛰어난 시인이나 명필이라 해도
그래서 개에 관한 지극히 아름다운 찬가와
개를 위한 '자유'라는 최고의 글씨를 써서 선사한들
개에게 무슨 상관이란 말인가
그게 개의 자유와 얼마나 연관이 있는가
그러나 나의 외면 속에 작은 소리에도

개는 예민하게 반응하고 나를 돌아보았다

그 눈빛 속을 들어가본 듯 개의 마음을 헤아리는 동안

수시로 현관문 앞에 서서 딸을 기다리는 개의 뒷모습을
보면서

내가 지녀온 오래고 깊은 어떤 아픔을 떠올릴 수 있었다

어쩌면 나의 이런 생각이 다 틀릴지도 모른다

개는 개이고 나는 나일 뿐

우리의 만남이나 인연도 한나절에 불과할지 모른다

그렇다 해도 하나 분명한 것은

개에게도 사려[道]와 우리로선 알 수 없는 말[氣]이 있으며

그리고 무엇보다 더 분명한 것은

그를 통해 지난날 감당하기 힘들었던

나의 어떤 외로움을 다시 떠올렸다는 것이다

묘향에 오르다

나는 박제가를 흠모하여
햇살 아래 〈묘향산소기(妙香山小記)〉를 읽는다
산을 내려오다가
낙엽 아래 젖은 돌에 미끄러져선
뒤에 오는 이가 볼까 붉은 단풍 하나를 들고
짐짓 시치미를 떼는 장면이다

초정 아니어도, 금강 묘향 외에도 북쪽 여행기는 많지
그 많은 산악회 사람들은 왜
북쪽 산에 오르려 하지 않나
바이커들은 트레킹족은 문화 답사가들은
왜 북쪽을 가야겠다 아우성이 없는가
그 많은 먹는 방송은
왜 북쪽 부뚜막을 찾아 나서지 않나
왜 길을 막는 이들에게 굳은살 내밀지 않는가

이리도 향 저리도 향이라는
묘향은 가깝고 빛바랜 사진 뒤의
언약 같은 세월
평야를 달리는 말 오늘도 지구는 부단히 날아가는데
묘향은 멀고
박제가는 집안 서자이나
아직 그만한 사람이 없다

김포공항

내가 떠나고 네가 섰는 미군 부대 담장 불빛 속에 눈은 내렸지

네가 떠나고 내가 섰는 비행장 울타리 불빛 속에 눈이 내린다

네가 떠나고 내가 섰는 활주로 가로등 불빛 속에 눈은 내리리

웅어가 뛰다

놀 비낀 행주강을 건너와
당신을 기다리며 여객기 하나 풍등처럼 사라지는
치잣빛 하늘을 넘겨보았다
가이없구나 간밤에 끊어진 빛이여
때아닌 물난리에 강가로 불려나온 듯
맨손 맨마음도 오늘은 낯설고 아려
그렇게 강변 작은 카페에 혼자 앉아 있는데
겨우 월담을 하는지 당신은 조금 늦을 거라 하고
해지며 울도 담도 없는 수면 위로
가을빛 물고기들이 툭툭 뛰어오른다

젊은것들, 실내의 소란도 지울 겸

강 건너 너의 집은 높고 아득하구나/ 수림아 한번 불러보니/ 어제 거기서 나온 듯 우산 옆 신발이 가지런하고/ 저물녘을 알리려 웅어가 뛴다/ 나는 이제 강물 탓은 하지 않는다

여기까지 써내려가다 너무 신파조라 제풀에 기우는 중
당신이 들어와 나도 모르게 반색이 되었다
창가로 다가서며 뛰노는 강물 덕분에
늦게 온 이는 얼굴 가득 탄성이 흐르고
웅어가 뛴다 지글지글 타는 마음
생각해보면 아쉽고 차마 볼 수 없는 사이

등뒤에선 강물이 바다로 부딪치며 가는 사이
나는 의도치 않게 연한 사람이 되고 말았다

행주강가에서

사람 그리워 모래알 세오

반짝이는 것 있어 손에 모으니

안으로 안으로 단단하게 껴안으며

곱기도 고운 거울이 오늘은

있는 힘을 다하여

지닌 힘을 다하여 흐르오

모르는 혹자는 말하리다

강물을 지키는 구름 같다고

저희끼리 다투고 부대끼다

모래가 되었다고

다리

소싯적 멱감고 놀던 행주나루에 다리가 생겨도 가끔 뒷산
에 올라 강 건너 네가 사는 마을을 바라보았다. 낮고 따뜻한
산자락이었다. 시간이 흘러 다리는 지치고 새로운 다리가
건설되는 것을 보았다. 넓고 거대한 새 다리는 완공 삼 개월
을 앞두고 가운데가 무너져 강물 속에 처박혔다. 너와 나를
이어야 하는 다리의 생은 걷기도 전에 과거와 미래 사이의
현재가 빠진 기괴한 모습이 되어버렸다. 언젠가 큰 참사가
될 수도 있었던 이 엄청난 사건을 이상하게도 사람들은 곧
쉽게 잊어버렸다. 나는 가끔 내 생이 고달플 때마다 현재가
실종된 그 끊어진 다리를 건너는 환상에 시달린다. 서로 한
몸이 되기 전에 무너져버린 다리. 한동안 빠져나올 수 없는
다리. 이어주고 달려가고 신선한 바람이 불어오고 잔물결에
노을이 빛나고 마침내 당도해 너를 만나야 했던 다리. 그러
나 이음을 잃어버린 다리. 이상한 풍경과 과거와 미래와 현
재로 완성되는 다리를 위해 강물 속에 집을 지으며 건너지
는 못한다. 이제나저제나 다리를 만들어야 했으므로 다리는
무너졌을 것이고 무너지면 잊히는 다리. 나는 과거와 미래
에 한 팔씩을 내어준 채 다리의 다리를 쌓고 또 쌓는다. 한
몸이 되기까지, 한몸이 되어서도 그것은 내가 살아 돌아가
지 못할 머나먼 불귀의 다리.

건널목에서

까만 봉다리를 들고
하얗게 걸어오는 여인
봉다리 여섯 개를 들고
입 벌리고 오는 여인
길게 주름진 봉투 안에
웬 봄을 가득 담아오는 여인
한 손에 네 개, 다른 손에 두 개
기울어져 걸어오는 여인
기울어져 건너오는 여인
흰 눈이 내리는데
흰 눈은 쌓이는데
까만 봉다리 가득
깨진 생을 주워오는 여인
남은 생을 덥혀오는 여인
까맣게 까맣게 날려서
열 손가락 마디마디
꼭 움켜쥐고 오는 여인
또박또박 걸어서
하얗게 살아오는 여인
외길로 오는 여인
맞은편 빈 팔 가득
맞은편 야윈 가슴 향해
달려서 오는 여인

안기어서 오는 여인
영원토록 오는 여인

길

외로워서 걷는 길이 있고 길 때문에 외로운 때가 있다
분명 그도 외로울 텐데 언제나 나와 함께 걷는 길
외로워서 길을 걷다가도 길의 침묵 때문에 돌아오는 경
우가 있다
내가 떠나온 뒤에는 내가 남겨둔 것들 때문에
어제의 말을 잃은 길도 조용히 걷고 있을 것이다
내가 아무리 기쁨에 대해 얘기해도 슬픈 것처럼
네가 아무리 슬픔에 대해 이야기해도 길은 따뜻하다
길이 있어 세상은 아름답다 나만이 아니라
길에게 안기는 모든 아픔은 길에게 프러포즈해야 한다
파도에 젖는 대지처럼 바다를 마주한 하늘처럼
막막해서 걷는 길이 있고 길이 있어 다다르는 곳이 있다

햇살에 기대어

저 집엔 누가 살까 이부자리 걸쳐진 담장 안에는
오래도록 달려온 담쟁이 곁에 하얗게 늙은 개가 눈을 붙
이고
바람도 잠시 기대 햇살을 파는 곳 누가 살까
이부자리 얼룩진 빈방에는 도시락 들고 나란히 나선 젊
음 뒤에는
지친 손 거두어줄 기나긴 저녁까진 누가 살까
중추(仲秋)라 마지못해 꽃잎 날리는 좋은 시절
다 울고 난 사내 하나 담장 앞을 지나며 대추 서리 하는 날
나는 나는 멀리서 소음과 냄새도 없는 풍경을 무한으로
세본다
딱딱함이 불편함이 부딪침이 없는 세상을
꽃잎 타고 날아가면서
소음과 냄새와 부딪침이 없는 세계를 한량없이 그려가면서
결국 저기 들어가봐야 사랑뿐이라는 것도 헤아리면서
새세상 오기까지 눈부신 햇살까지
저녁별 먼저 들어가 누운 빈방에는 누가 살까

가을의 전설

이제 맑은 하늘을 보면
뭐라도 내주고 싶다
서로 사랑하라는 말을
노 젓듯 흔드는 버드나무 아래
오랜 친구와 모처럼 강둑에 앉았다
웬 북한 영상을 보았다는 친구가
함경남도 신흥 천불산에 있는
이천 년 된 은행나무 얘기를 한다
은행나무는 암수가 있어야 열매를 맺는 법인데
혼자 사는 천불산 암은행나무를 가리키며
안내원 주민이 이러더라는 것이다
보시다시피 여기 주변엔 은행나무가 없습네다
함흥에 오래된 수은행나무가 하나 있습네다
그래서 우리는 아, 이분이 저멀리
그 함흥 은행나무와 연애질을 해서 열매를 맺는구나
그렇게 생각합네다
예쁜 안내원 입에서 그러더라는 것이다
그 얘기를 웃으며 주고받자니
정말 그럴까 싶기도 하고
거기도 사람이 있는가보다 그러다가
이백 년도 못 사는 우리는 뭔가 싶기도 하고
이 맑은 하늘 아래
강가에나 나앉은 처지가 또한 우습기도 하고

아직은 조금 더 사랑해야 할 텐데
하늘이 저리 푸르고 강물이 다정해도
내줄 것을 마땅히 찾지 못했다
이제는 강 건너만 보아도 아득한 나이
가보지 못할 천불산 얘기에 울화가 치밀지만
그래도 맑은 강물이 돌아보며 흘러갈 때는
분명 오늘은 운수 좋은 날
빈손이라도 꼭 쥐고 일어선다
오늘은 기분좋은 날
사랑 얘기도 듣고 많은 것을 보고
무언가를 받아들고
처음 가는 길인 양 마을 안으로 돌아선다

영사정

김포 연사재이에 오리들이 날아와 겨우살이중인데요
위대함은 우리 같은 평범한 새떼들 속에서 나온다네요
특별한 사람이 별을 따온다면 그건 그냥 그럴 만한 일이
지만
담장 곁을 지키는 앳된 배롱나무의 평범함이 쉬운 것은
아니라네요

언젠가 한 쌍의 젊은이가 무거운 발걸음으로 공원을 걷
다가
붉은 배롱나무꽃의 이름을 맞히느라 결국 의기투합하고
그 다정이 잉태해 꽃과 별로 피어날 것이라네요
모든 평범함의 어머니는 위대함
모든 위대함의 씨앗은 평범함의 대지에서 자란다네요
실없는 사람이 위대해지고 외진 곳을 지키던 한갓진 나
무 한 그루가
조용히 남모르게 피어나는 이유라네요

강가엔 왜정 때 사라진 영사정(永思亭)이 다시 들어서고
같이 걷던 연선이도 시집가고
나는 흔적없는 들길을 평범하게 걸어야 한다네요
연사재이 너머 땅콩 밭을 매던 어머니
없는 김포벌에도 봄이 오려나봐요
흰 눈도 찬바람도 제자리를 찾고

겨울 햇살에 새끼 오리가 태어나면 오리들은 먼길을 날 ⎯
수 있다네요

서해 낙조

잠사학과를 잠수학과로 듣고 입학했다는 가수와
오스트리아로 알고 신청했으나
오스트레일리아로 국비 유학 가게 된 소설가가 있지만
서도
나는 영 아닌 길로 들어서 발이 빠졌네
벌겋게 사랑했네
강화 동검도 그리고 길상면 매화마름 군락지
전혀 예기치 않게 건너온
섬 속의 섬처럼

아무렴
오종종하니 희고도 삼삼해 보이는 꽃잎 곁에서
희귀종이라 누군가 침이 마르게 설명을 하고
우린 모르니 아무 말이나 해도 돼
일행이 자리를 뜨고 서둘러 왜가리처럼 따라나서네
고흐나 뭉크가 견디지 못했다는 시붉은 하늘과
우연히 입게 된 바람 속의 이름과
듬뿍 주어진 당신 손을 놓지 못해
무명 가수의 신곡 같은 팔을 휘저으며

서북향

새털구름 한 숟갈 헐어낸 자리에
하얀 노을이 기대고 있다
이별을 서러워하지 마세요 지친 영혼을 눕게 하지 말아요
어쩔 수 없었던 게 아닌 걸 알잖아요
하루가 떠나는 자리에 초저녁의 송별가 흘러나온다
움푹 파인 가슴에 시간의 잔해가 촉촉하다
어렵사리 당신은 떠나고 어둠이 다가와

순두부 한 숟갈 헐어낸 자리가
선지 한 국자 떠낸 자리가 되어 있다
걱정 말아요 어떡하든 살아낼게요 눈물은 맑게 흐르겠죠
일출이 되어 돌아온다는 걸 압니다 걱정 말고 가세요
천년이 사라진 자리 고요가 다가오는 자리
주인이 조는 뒷자리에서 숟가락을 올려본다
수년 전 집 나온 행색 하나가
어수룩이 들어와 멀찌감치 내외를 한다

저 자리
선지 한 국자 떠낸 저 자리
철없는 텔레비전도 조용히 입을 닫아주는데
흰구름 가득한 서북향 밥집
내가 잘난 게 아니라
슬픔이 잘난 덕이다

행길 건너 에덴약국에서 판피린 사다 과용하며 백인들을
받던 세이 누나

쩔쩔 끓는 김득순산부인과 구들방에서 오한에 떨며 겁먹
은 눈동자를 굴리던 정이 누나

감정리 문간방에서 떨, 짠지에 절어 눈도 제대로 못 뜨고
깔아져 있던 경이 누나

나는 그래도 흰 애보다 검은 애가 좋다며 레게머리에 판
탈롱을 입고 당당하던 미시즈 하기

몸져누워 캠프 험프리스 엠피에게 무조건 코넬 데이비스
를 찾아내 소식 좀 전해달라던 민이 누나

컬러드, 화이트 온리로 나뉜 화장실 표지가 섬찟하던 장
교 클럽의 햄버거를 사주던 복이 누나

의정부 C.R.C. 디스펜서리에서 엑스레이를 찍게 해주고
안 죽는대 안 죽는대 하며 자신이 갈 곳이라고 텍사스 사진
보여주던 선이 누나

비행장 옆으로 캠프 머서가 있었지 오쇠리 영봉이네 가
던 길 빵꾸 난 도라꾸처럼 걸쳐 있던 누래이 들어와 살던
누이들

영봉이네 아랫집에서 채 한 해도 넘기지 않고 떠나갔던
누이들

고향 동생 같다고 미깡도 주고 미루꾸도 주고 가끔 이부
자리 말리며 햇살 젖은 툇마루에서 〈쿵후 파이팅〉에 허슬

춤도 가르쳐주던

　여적 나이는 많지 않아도 다 죽었을 거야 죽어서나 다시
태어나 내 손아래 누이뻘이 되어 초롱초롱 살아갈 거야

　누래이 떠나며 주소 적어주고 다녀가라고 꼭 찾아오라고

　다짐에 다짐을 받던 향수 냄새 속에 오늘인 듯 살아가는
누이들

기어

외진 곳으로 그것도 월세 낮은 헌 아파트로 이사와 이복형 같은 짐들을 푼다 숨을 돌린다

문간에 쌓인 빈 박스를 접어 분리수거함에 부려놓고 돌아와 낯선 볕 아래 아무 책이나 하나 집어들었다

달그락달그락 이빨 빠진 밥그릇 단속하는 여자 돌아보며 여봐 이리 와봐 이리 와 잠깐 앉아봐 여기 이런 게 있구만

개화동 살다 첫 세간 나왔을 때 분가 축하한다고 하이타이 덜렁덜렁 들고 왔던 시인

낮부터 술상 두드리고 새로 깐 장판에 담뱃불로 구멍 내한 삼 년 지청구를 했잖아

날이 덥다고 베란다 타일 바닥에 팬티 바람으로 누워 자는 통에 자네를 놀라게 했던 사람

여운 선생도 있네 마곡동 옆집으로 이사와 사나흘에 한 번 벨을 누르던 양반

함께 사는 홀어머니 길에서 만나 자네가 공과금 내러 모시고 갔다 왔잖아

새벽녘 돌아서다 헛기침을 하고 아침이면 또 멀쩡하게 바바리코트 입고 마을버스 정류장에 섰던 양반

택시를 타고 집에 다다르면 술이 깨는 통에 한잔 더 하고 싶어 그리된다고 미안해하던 선생 아니야

그리움도 약이 된다고 죽자사자 그리움을 먹던 위인들

여기 뭐 받을 게 있는지 치부책에 다 적어놨구만

언제 다시 서로 입맞춰 셈을 따져볼지는 몰라도 기억나지 ⎯
여기여기 다 있구만

기가 막힌 날

맑은 날 남산타워에 한번 가고 싶다는 말을
잊지 않고 아침 일찍 전화가 왔다
수업도 없고 하늘 맑으니 눈 호강이나 하자고
그래서 남산에 올라 애들처럼 보낸 한나절
가깝고 먼 거리로 바라만 보다가
남산은 사십 년 만이다
산자락 식당에서 점심을 먹고 나와 담벼락 등지고 한 번,
언덕을 오르며 돌아서 한 번, 나는 두 번 친구는 서너 번
이상하리만치 티 없이 파란 하늘 보며
기가 막힌 날이라 탄복을 했다
가득한 하늘 아래 가다 쉬고 쉬다 일어서
주고받는 얘기엔 주로 옛 이름들이 흘러나왔다
오리나무 그늘에 잠시 나란히 앉아
친구가 최근 펴낸 조지훈 평전을 서명하여 넘기는데
마침 책 제목이 '늬들 마음 우리가 안다'
산을 내려와 추어탕집 용금옥에 들르니
종업원 아주머니가 미닫이 옆에 누운 채로
손가락 다섯 개를 펼쳐 보이며 브레이크 타임이라 한다
청진동까지 설렁설렁 걸어서 실비집 낙지에
결국 막걸리 한 잔석을 하고 부옇게 헤어졌다
친구는 시인 윤제림이고 나는 평소
그가 지훈 닮았다 생각하나 한사코 말하지는 못하였다
절치부심의 어제와 오늘이 보이지 않는 하늘 같아서

누군들 사십 년 만이거나 이백 년 만이라 해도
남산골이 다 하루 안에 살아 있으니
알건 모르건 어느 때고 산다는 일은
기막힌 날이라 아니할 수가 없구나

호이안의 밤거리

1

투본강가에 다다른 날은
하미 마을을 다녀온 뒤였다

무겁게 돌아갈 날을 기다리는 끝 무렵이었다
한국군에 의한 양민 학살 현장
애써 찾아간 하미 마을에서
우리는 향을 올리고 고개를 숙였다
세상에는 말로써 증명되는 일이 있고
증명하지 않아도 보이는 일이 있다
옛 전장에 와 많은 말을 들었으나
지금은 더 많은 것이 보인다
그런 여로의 끝 무렵 저녁이었다
물길 따라 반짝이며 사람들이 쓸려 다녔는데
중음(中陰)에 이끌리듯 네 사람*이
조용히 강변을 빠져나와 구시가지를 걸었다
모두의 희망은 먼길을 여행중이고
초행이지만 거기서 거기겠지 하면서도
모퉁이를 돌자 거리는 순간 어둠에 묻히고 길을 잃었다
생각해보라
오래지 않은 전장에서 돌아갈 길을 잃어
앞선 사람은 구글맵을 들여다보며 연신 두리번거리고

두 어른은 유심히 따라 나가고
온갖 사념에 휩싸인 한 사람이 걸어가는 호이안의 밤거리

2

투본강의 야경은 화려했다
호이안은 베트남 최대의 격전지였으나
호이안은 이제 베트남 최대 야경의 거리
코코넛배와 소원을 비는 손길과 뱃전을 맴도는 붉은 소
망등(燈)
인파는 요란하고 강은 말을 잊었다
말 잃은 강이나 지친 여독만은 아니다
흐르지 않는 시간에 쓸려 저마다 마음이 젖고
뚜렷한 이유 없이 넷은 밤하늘에 주춤주춤
마을도 잠이 들고 세월도 잠이 든 구시가 골목을 따라
땀에 젖듯 스스로 말을 던져버렸고
드문드문 어둠에 물든 흑단 책걸상만이 문 앞에 빛났다
빈 조롱 하나 놓인 야자수 아래
새들이 날았을 적십자 건너 트엉판로(路)
흐릿한 창가에 넷은 하나가 되고 하나는 넷이 되어
손바닥 지도의 혼선을 되짚으며 밤길을 걸었다
이상한 일이다

아직 전쟁중인가 전쟁은 끝이 났는가
지구별에서 멀리 떨어진 이 기시감
말도 없고 그래서 불화도 없던 시절의
나른한, 어떤 아늑하고 아득한 거리의 고요
이곳이 우리가 찾던 길이었던가
오래도록 내가 머물 밤하늘이었던가
다시는 돌아오지 않을 이 시간
더러는 기억하고 싶지 않은 마음들이
잠잘 곳을 향하여 걷는 인적 드문 좌판에서
염선생은 값싼 청화 접시를 하나 사고
우리는 탄판 네거리에서 다시 길을 잃고 멈춰 섰다
시레이션 같은 불빛을 쫓는 내비게이션
스스럼없이 사라지는 은하수 너머
다시 오지 않을 시간과
다시 오지 못할 풍경이 가득한

전장의 밤거리를 헤매 숙소에 다다른 날은
화염 속에 손길처럼 연기가 피어오르고
하늘만이 푸르러 쉼없이 눈물이 흘러내리고
돌아서도 끝내 지워지지 않는
하미 마을에 다녀온 이틀 뒤였다

* 김판수, 염무웅, 김남일, 박철.

임대 아파트

임대
그렇게 한번 불러보면
세상 모든 풍경이 떠오른다
때론 아름답게 때론 힘겨운

임자
책을 좋아하는 당신
내가 책을 사주지는 못하여도
죽는 날까지 도서관에서
책은 빌려다 바치리다

약속하오
그러니 우리 이제 다소곳이
작은 임대 아파트 하나 얻어
같이 삽시다

글싹

한식 지나 친구가 사진 하나를 보내왔다
밭을 일구는 사진인데 큰딸이 찍었다 한다
고랑을 파고 부부가 씨를 심는 뒷모습이었다
아내는 앉고 친구는 곁에서 조심스럽게
물주전자를 기울이고 있었다
둥근 어깨와 두툼한 살집이 풍족해 보였다
작은 농사가 아닌가보다
옆 이랑은 벌써 푸성귀가 푸르게 솟아나고 있었다
푸르다지만 색색의 상추와 손바닥 같은 명이나물
수줍은 열무가 뒤엉켜 장난질하는 마당에
아직 철없는 잎새들이 시끄러웠다
어느 하나 제자리가 아닌 것이 없는 장면에
부부는 무엇을 심는지 곱게 북돋은
이랑을 따라가고 있었다

다정한 모습이 글씨 하나하나를 심고 있는지도 모른다
아내가 한 뼘 간격으로 글자 씨앗을 심고
손가락 두 마디 높이로 흙을 돋아 덮어주고
가볍게 손바닥을 펴서 살살 두드려주면
친구는 곁에서 조심스레 물 한 잔을 뿌려줄 것이다
글자 씨앗은 곡우를 전후해 발아할 것이고
연둣빛 글싹에게 세상은 얼마나 경이로울까
새순은 숨겨온 이야기를 이웃에 전할 것이다

솎아내기에 잡초를 제거하고 가끔 단비가 내리겠지
웃거름이 없어도 글썩, 문맥은 힘차게 솟아나올 텐데
여름이 오기 전 친구는 다시 몇 편의 사진을 보내오리라
글씨가 이만큼 자랐다고
내외하듯 앞모습 보이지 않는 아내의 바구니 가득
푸른 문장을 받아들면서 사내는
벌써 친구들 생각에 어깨가 들썩들썩하겠지

들판 자락 세 낮은 산마루
파란 두 소년은 나란하였다
난형난제 난형난제 하며 흰구름 함께 떠가고
한 이불 속에서 잠이 들었지만
형 친구가 내 친구이고 내 친구가 형 친구여서
둘 중 하나는 없었으면 할 때도 있었다

갈수록 까불대는 세상 그래서 혼자가 되었나
하나가 되어 뒷산에 오르니
유년의 그리움이 대신 곁에서 벌말 건너 들판 끝까지
하염없이 대처 없이 하많은 사연 건넌 눈물이
울긋불긋 산자락을…… 곁에서
길가엔 저 홀로 쓸쓸히 바람이 분다

하늘나라는 어때, 형

구시렁구시렁

택일이나 세상사 모두 구시렁구시렁
비도 할말을 잊은 듯 돌아서다 말다 생각중
가수 창완 형이 원래 표정이 좀 그렇긴 해도
간밤에 잠을 설쳤는지 잔뜩 찌푸린 얼굴로 들어섰다
나도 개화동 일로 심기가 편치 않은데
다락만한 육전집에 웬 젊은이들이 바글대고
더 구석진 자리 처마로 장맛비가 발을 내리고 있었다
새 시집을 받아든 형이 앞장을 넘기며 구시렁거렸다
넌 왜 홍보를 잘 안 하냐
냅도요 난 민속촌 대장장이처럼 살다 갈 테니까
이사갈 일이 떠나지 않아 종일 부화가 일었다
야 민속촌 대장장이는 아무나 하는 줄 아냐
빗소리에 귀 붙이던 고개를 쳐들자
곁에 앉은 매니저가 좀 심했다 싶은지 몸을 옴짝거렸다
허긴 안 읽으면 독자 지들만 손해지
양미간을 풀고 형이 얼른 한마디를 보태고
셋은 갑자기 애들처럼 킥킥거리고
종업원이 멀뚱히 청양고추와 주전자를 내려놓았다
 방이 어둡다 하자 딱, 하고 문 옆 스위치를 눌러 눈을 켜
줬다

제주어람에선가 두 딸과 모처럼 외식을 하는 저녁 큰애한
테 니는 결혼 안 하니 하고 파적 삼아 묻자 아빠 철들면, 하
고 간결하게 답했고 안 간다는 얘기네, 하고 작은애가 곁에
서 거들며 둘이 킥킥거렸다.

몇 해가 흘러 큰애가 결혼을 하겠다고 사윗감을 인사시킨
다기에 나 아직 철 안 들었는데? 했더니 그니까, 기다리단
안 될 것 같아서, 하며 지들끼리 또 웃었다.

그애가 결혼을 해 딸을 낳았다. 졸지에 할아버지가 된 것
이다. 가끔 보는 해맑은 어린것이 나에게 리액션이 여간 좋
은 게 아닌데 큰애가 여봐 여봐 좋아한다 좋아한다, 하고 반
기니 둘째가 거들기를 애는 할아버지 철든 다음에 태어났잖
아, 그러며 또 지들끼리 히히거렸다.

아이, 우서라

나중은 없을 텐데
나중은
젊은 날 누군가를 사랑하여
길고 긴 쓰린 밤으로 배운 하나
나중은 없다는 것

그래도
그래도 혹시나 해서
치매 앓는 엄마 곁에 붙어
제 절로 떨리는 노구의 메마른 손을 잡고
엄마 우리 한 번만 다시 만나
응?
하고 물으니
그래, 하고 일생처럼 답을 하고서
아이, 우서라
병아리가 활짝 날개를 펴듯 웃으며
구순의 소녀가 잠시 노란 꽃으로 피어난다

새의 노래

일, 어, 나, 일, 어, 나
한 사람이 허리를 굽힌 채 어르고 있었다
지나는 사람들이 하나둘 모여들었다
일어나 일어나
다 같이 상기되어 기쁜 듯 몰아치고 있었다
일어나 일어나
스크럼을 짜고 원을 그리며 함성이 되고 있었다
일어나 일어나
소리에 둘러싸인 이가 엉덩이를 들썩거렸다
두 팔로 기둥을 세우며 바둥거렸다
날아가는 새가 주춤거려 돌아보았다
일어나 일어나
그러나 앉은 이는 일어날 수 없었다
일어나고 싶지 않았다
일어나고 싶지 않은 것이 아니라
일어날 수 없어 일어나고 싶지 않았다
일어나 일어나
한숨 소리가 흘러나왔고 원을 그리던 사람들이 어깨를 풀
었다
날던 새가 멈춰 성자처럼 내려다보았다
바람결에 기대앉은 새의 발아래 사람들이 뿔뿔이 흩어졌다
일, 어, 나, 일, 어, 나
마지막 한 사람도 고개를 젓고 등을 돌렸다

그러나 돌아간 이들은 모르고 있었다
그가 이미 그의 날개를 펼치고 일어난 사실을
그는 이미 일어나 날고
그는 오늘도 높이 먼 곳을 가는 중이었다
앞서나가다 돌아온 새가 바람을 가르며 외쳤다
다시 함께 가자
가던 길을 가자
돌아온 새가 날개를 저어 앞서나가고
그는 다시 힘차게 날아가고 있었다

시

오죽하면 내 어깨에 누우랴마는
몸이 아프면 내리는 눈발도 아파 보이는 때가 있다
이제 그렇지는 않고
고운 눈에게는 고운 눈의 삶을 돌려준다

그 대신 내가 아플 때
당신도 아프다는 얘기를 들었다
그럴 수만 있다면 당신도 돌려주고 싶다
할 수만 있다면 내 발자국 들어내고 싶네

이런 사랑뿐이라는 것이 못내 가슴 아프다
사랑하는 동안 살아가는 동안
눈 쓰는 자루와 비 쓰는 자루가 달라서
함께할 수 없는 자리
끝내, 결코 이곳을 떠나지 않고
둘이 될 수 없는 길
기어이 멈추지도 않는다

소리 없이

산다고, 막지 못해 산다 하여도
자신의 말보다 시가 못하다 싶으면
조용히 물러나겠습니다
자신의 시보다 마음 가볍다 여겨지면
조용히 돌아서겠습니다
자신의 몸보다 식욕이 쏠린다 싶으면 입을 닫겠습니다
눈이 내려도 자신의 생각이 한 송이 눈보다 희지 못하여
가는 길을 거시기하면 사랑도 조용히 거두겠습니다
모든 언약이 입술보다 먼저 마른다면
차라리 거기서 나오는
고운 빛을 보이려 질끈 혀 깨물겠습니다

사는 동안, 살아가는 동안은
참지 못하여 자라나는 머리카락 다듬고
눅진 당신의 마음 박박 긁어드리겠습니다

이발관 갔다가 닫힌 문 앞에 잠시 앉아서
우연히 발견한 참빗 같은 햇살
그를 좇아 남은 세상 피어나겠습니다
'오랜 세월 고마웠습니다. 이발소 주인'
닫힌 문 앞에 아리게 남아 있는
기울어진 글씨를 등에 붙이고
못 버린 세상 더 열심히 살겠습니다

3부
지금이야말로 시를 쓸 때다

다소곳이

모든 먹는 방송은 우리가
무언가 그만큼 굶는다는 것을 웅변한다
당신 생각에 홀딱 밤을 새우던 날이나
잠을 꼬박 잃어버린 몇 해처럼
인류가 입을 가리고 다니는 시절도
하나의 풍자라 생각한다

고통스럽다 삶이라 부르는,

그렇다고 이 고통이 지난날의
흐린 기쁨을 온전히 숨기고 있는 것은 아니다
안개처럼 다가올 무언가도 없다
모든 아침은 달아난 눈과 귀의 행로를 암시한다
희망이라는 말에 목메는 희망
존재하지 않았으므로 그만큼 처절하게
매달릴 수 있었던 것도 돌아보면 까마득하다
사랑의 막바지인 듯 아름다운 풍경들
오래도록 떠밀려온 시간이 흐르고 있다
아파트 같은 주상절리를 배경으로

강물이 흐른다 역사라 부르는,

언젠가 바위도 빼내고야 말 물살처럼

기어이 기어이 기어이 가자고
오늘의 가난을 숨기지 않는 오랜 풍요와
건물 뒤로 흐르는 기나긴 하수가
역설로 세상을 씻어내고 있다
이제
꼭 어둠이 전하는 말을 찾을 필요도 없구나
네가 걷는 외길만으로,
나무 아래 발자국 다소곳이 쌓이고
뒤척이는 낙엽 사이로
너는 햇살 가득한 새장의 내역을 증명한다

낫

사람들은 총이 무섭다지만
기실 더 무서운 건 낫이다
총은 늘 밖을 향하다가
여차하면 나를 향하지만
낫은 늘 나를 향해 있다가
마즈막엔 세상을 바꾼다

눈 그쳐 머나먼 길
삭풍 이는 낟가리
누가 두고 갔나 깊게 박힌 낫 하나
사람들은 사는 게 힘들다지만
사람답게 죽는 것은
깊은 산 부서지는 달빛과 같다

사과

어느 빗물에 씻기었나 오늘은 유난히도 빛나네

태초에 뱀이 말하였다
아담의 딴짓을 막으려면 사과를 먹고 예뻐져야 한다고
이브는 말했다 에덴에 나와 견줄 딴사람은 없다고
그러자 뱀이 말했다 우물에 숨은 사람이 있다고
이브는 우물을 내려다보고 서둘러 돌아가
어리석은 아담에게도 사과를 따 먹였다

선악은 사과에 있는 것이 아니라 우물에 있다
물속에 있지 않고 물결 위에 흔들린다
물위에 있지 아니하고 내 안에 숨어 있다
돈만 있다면 사과는 달 뿐이고 마음대로 먹어도 된다
사과는 달 뿐이고 우리는 예쁘다 이〔齒〕가 있는 동안은

작용과 반작용

작용과 반작용, 둘 중에 어느 한쪽
참척이 없다면 무릇 둘은 같은 부류다
오직 자신만을 위해 운동장 안을 회전하는
단지 뛰는 자신만이 귀중한 이기심 너머로
그들은 마당 밖이 더 넓다는 것을 외면한다
태어나 싹도 틔우지 못하고 흙이 되는 씨
단 한 번 걸어보지 못한 발
단 한 번 대지를 바라보지 못한 눈
단 한 번 날아보지 못한 날개에 대해
심장이 없는 작용과 반작용은
애써 조용한 번외로 등을 돌린다
못하는 게 아니라 안 하는 것이라
잊은 듯 웃어넘긴다
세상 도처엔 적잖게 골방이 있는데
커튼 사이 한 가닥 햇살을 잡고 있는데
누구도 기웃대지 않는 그 안에서
일생을 태우는 외로운 피안(彼岸)과 눈물도 많고
그런 골방조차 없이 꼼짝 못하다가
흔적없이 사라지는 우주의 소진도 부지기수요
바닥에서 바닥으로
어떤 이유도 비명도 없이 추락하는 이들
자연은 우주 밖이 더 촘촘하거니와
잊지 마세라

아닐진대 세상에 쫓는 자와 쫓기는 자
그리움이 실종되고, 그리움의 흔적조차 달아나
지극히 저속한 소비에 불과한 거대한 욕망들
다만 작용과 반작용 차안(此岸)의 질주는

개돼지가 되어

우리를 이종교배 하듯 한 묶음으로 부르는 것은 부당하다

개는 애초부터 세상을 어슬렁거리는 사랑의 화신이었다
달을 향해서도 사랑을 전파한다
달과 싸우려는 이리나 늑대와는 씨가 다르다
개의 심사를 가장 잘 아는 동물은 역시 사람이다
사람들은 우리를 이미 가족의 반열에 올려놓았으며
언젠가는 가족법이 국회를 통과할 것이다
오래전부터 개가 상갓집을 다닌 이유다

돼지는 사색의 동물이다
일없이 돌아다니는 것을 싫어한다
에피쿠로스학파의 후예들로 먹는 즐거움을 안다
즐거움은 풍요를 낳는데 출산과 보시가
한가지라는 넓은 깨달음을 얻었다
인류의 미래는 돼지를 따르느냐에 달려 있으니
먹어도 더 먹고 싶고 가져도 더 갖고 싶다

개와 돼지는 해와 달과 같은 존재들이다
인간은 우리가 없으면 못 산다
그렇다고 해와 달을 붙여 부르면 안 된다
해달(海獺)이라 부르면 다른 존재가 된다
해달은 멀리 바다에 있으며

인간이 우리처럼 귀하게 모시지 않는다 신발을 만든다 　—

마침내 꿈은 이룩되지 않았나
소수의 인간이 다수의 인간을 우리처럼 보기 시작했다
소수의 인간이 다수를 우리 이름으로 부르기 시작했다
그렇다고 개와 돼지를 붙여서 부르면 안 된다
싫다 우리에게도 엄연한 구별이 있다
인간의 이런 분별력 상실은 매우 아쉽다
그러나 인간이 우리를 출산한 지는 이미 오래다

곧
우리가 그들을 생산하리라

깨어 있어야 한다

거리에서
아무리 흥겹게 떠들어도
누울 자리로 돌아가야 한다

자리에 들어
못다 한 사랑을 채우기도 한다

아무리 사랑이 넘쳐도
잠 속으로 들어가야 한다

잠은 또 얼마나 달콤한가

아무리 달콤한 잠이라도
깨어나야 한다

아침해 그러안는 강버들처럼
깨어 있어야 한다

꽃을 보는 법

한 사내가 잰걸음으로
들판을 건너간다
나라가 풀렸다―
해방이 되었다는 것이다
김포벌은 얼마나 큰지
정말 해방이 되었는지
서둘러 돌아가는 논둑길에
노란 괭이밥
더한 어여쁨 천지에 없겠으나
꽃을 보는 법은
그렇게 땀흘리며 스치듯
지나는 것이리라

그리고 세월이 흘렀다
나라가 풀렸다는 말은
거짓이었다
들판은 아파트군(群)의 상륙에 뭉개지고
자리를 옮겨 용미리 개울가에 피는
노란 괭이밥
어여쁜 줄 좋이 모르겠으나
꽃의 해방은
이렇듯 숨 고르며 먼저 달려가
피는 것이리라

숨길 수 없는 얼굴
─혁명의 실체

내가 어딘가의 나에 의해
숨길 수 없이 무언가를 향해 걸어가는 날이 있지
가령 이산가족 찾기로 온 나라가 난리중에
이산가족이 아니면서도 거리로 나선다거나
2002년 월드컵 때 누구도 시키지 않았는데
아파트 단지 공유지에 티브이를 내놓고
뻘게처럼 모여드는 사람들
거리를 밝히던 거대한 촛불도
돌아보면 1987년 묵묵히 발걸음을 옮길 때도 그랬지
일산 미관광장에 마련된 노무현 대통령 분향소에서
모두가 돌아간 뒤 홀로 나와 절을 하고
어둠 속 장화를 신은 채 남몰래 통곡을 하던
어느 야간 업소의 주방 아주머니
모두 누구의 인도나 말에 의한 것이 아니지
사람이 사람을 마음대로 세울 수 없는 시련 중에도
계절 가면 계절 오고 썰물 뒤에 밀물 나는 것처럼
숨길 수 없는 얼굴
내가 나를 옮기는 빼앗길 수 없는 이가
잠시 찾아왔을 뿐이지 그래서
오늘도 골목 끝 불빛이 오래도록 빛나고 있지

모퉁이

제주 봉개동 4·3평화기념관에 가면
가로누운 백비가 있다
백비라 함은 비석의 맨얼굴을 말한다
당연히 말없음의 가득함을 가리키고
훗날이 아닌 당장을 촉구하고
더불어 혹자는 거기에서 반듯함을 떠올리지만
나는 그 큰 돌덩어리의 모서리를 바라본다
까마득히 응축되어가는 모퉁이를 바라본다

쉽게 볼 수 없는 한덩어리의 무게와
날카롭게 날을 세운 능각(稜角)
안에서 바깥으로 겨우 매달려 있고
중앙에서 변방으로 떠도는 듯하나
바위산 전부가 끌려가는, 끌고 가는
있는 힘을 다하여 어딘가를 향해 날아가는
어딘가에 이르러 정 맞을 꼭짓점
가속의 거대한 꼬리를 이끄는
내달리는 혜성 하나를 떠올린다

Live

그는 운이 좋은 사내였다

인공위성이 어둠을 주유하는 시절에 태어나

그는 골방에서도 문밖을 빤히 내다볼 수 있었다

산다는 것은 누구나 Live고 모든 Live의 장애쯤이야

그는 누워서 보았다 인간이 달에 닿아 깝죽거리는 발짓을

그는 누워서 보았다 유전무죄 무전유죄의 핏발 선 인질

극을

그는 누워서 보았다 미국의 쌍둥이 빌딩에 여객기가 박

히는 장면을

그는 누워서 보았다 철거민이 삽시간에 불덩이가 되는 아

침을

그는 누워서 보았다 그 많은 아이들이 서서히 물속으로

잠기는 바다를

그는 누워서 보았다 하루의 전부를 전부의 하루를

그는 바깥출입이 불가능하여 Live로 보았다 고스란히

헛구역질을 하며 겨우 밥을 떠먹고 밥을 떠먹으며 세상

과 함께 무뎌졌다

세상도 무뎌지며 밥을 먹었고 밥을 먹으며 겨우 자위를

했다

거리만한 스승이 없다고 자식을 문밖에 세우던 어느 가난

뱅이 애비처럼

찌그러진 깡통을 한번 더 밟아 아이의 손에 쥐여주던 술

이 덜 깬 신처럼
　욕설 같은 무임승차권을 화면 속 길 위에 뿌렸다
　일찍이 흔적조차 없는 일상에서 그의 유배는 안전하고
　명함조차 내밀 수 없는 세계에서 그의 형상은 지극히 가
벼웠다
　아무도 모르게 살아 세상을 짝사랑하고 애태우는
　그는 모든 장애의 철책 위에 앉은 천사였다 바람을 견디며
　애써 매달려 있던 한나절의 무한 연휴를 그리고
　그는 있는 세상을 있는 그대로 새기다 Live로 잠이 들었다
　일체란 불완전한 모순
　그가 Live로 꿈속에서도 꿈을 꾸고 있을 때
　오늘도 국제선 청사는 북적이고 산야는 짙푸르고
　인간의 와인 잔은 어딘가 가지런히 놓여졌다

보았는가

—누군가 자신이 가장 높은 곳에 임하였다 섣불리 말하지 않아야 하는 것처럼, 가장 낮은 곳에 있다 서둘러 외치지 말아야 한다

피맛을 보았는가
피의 맛을 보았는가
선지 맛을 보았는가
소의 선지 말고
사람의 선지 맛을 보았는가
사람의 선지를 토해보았는가
사람의 선지를 삼켜보았는가
코로 입으로 토해보았는가
코로 입으로 삼키다가
숨이 막혀옴을 느껴보았는가
한 번이 아니고 불청객으로
시도 때도 없이 피의 맛을 보았는가
어느 곳에도 물들지 않는 붉음
끝에 뭐가 있는지 보았는가
지상에 놓인 단 하나의 플랫폼
한 시절이 아니고 영원히
죽어서가 아니고 살아서
피의 맛을 보았는가
핏덩어리를 삼켜보았는가
아이를 낳듯
핏덩이를 토해보았는가
아이는 죽고 하얀 공포만 남아

피에 물든 공포를 키워보았는가
그렇게 한 번 살아도 괜찮은가
그렇게 한 번 살아는 보았는가
모든 영화에서 소설에서
손수건 위에 피는 동백꽃은 보았겠으나
공장에서 사창가에서 요양원의
낮은 숨소리는 들었겠지만
그러나 거기 진정 그 그림에서
피의 맛이 나오던가
피의 맛이 그려지던가
지상의 끝과 단 하나의 행로
능욕당한 몸을 까발리듯
노을을 그리듯 세밀화를 그리듯
차마 피의 맛을 전할 수 있는가
그렇게 한 번 살아보고 싶은가
그렇게 한 번 살아도 괜찮은가
입안 가득 번져오는 피비린내
쓰고 텁텁하고 비릿한 맛
당신은 진정한 피의 맛을 보았는가
검붉은 수혈의 끝에 매달린
삶도 죽음도 온통 하얀
피맛을 보았는가
당신은 이승의 진정한 맛을 보았는가

숨처럼 닫혀오던 숨막힘
당신은 진정 당신의
당신의 피를 얼마나 삼켜보았는가
진정 당신의 피로 살아보았는가
앞선 자리 앞선 얼굴로 나서기 전
남의 피가 아닌 제 피로
은유가 아닌 진실로
살려고 발버둥을 쳐보았는가
생의 만찬은 아득히 밀어두고
생의 질문은 까맣게 풀어주고서
설정이 아닌 현실로

허풍쟁이들

아버지는 말하였지
너는 평야에서 나락만 먹던 사람
눈뜨고 삼진 당하는 일이 있어도
눈감고 홈런 칠 생각은 말아라

아버지는 미쳤었나 말이 되는가
살아야 할 일은 아버지의 날이 아니고
살아야 할 일은 나의 날인데
이것 봐 이것 봐
그렇다고 나의 날도 아니었지
나는 아이들도 믿지 않는다

그래도 뭔가 말해줘야 한다면
나는 깊은 암맥 속 곰삭은 말을 꺼낸다
지금이야말로 시를 쓸 때다
시를 써야 할 때는 지금이다
새떼 잠 깨어 화염 속으로 물들고 놀은 번지고

밤마다 멀리 쇳덩이 끄는 소리
곧 거친 세상이 올 거다
지금은 꽃씨를 삼켜야 할 때
눈뜨고 거리에 서야 할 때
그럼 피리라 너는

낮과 밤

낮이로소이다
어둠이 들어가신다 오늘도 일어나야지
나는 후불제 노동자 자원봉사자는 아니다
가난한 이들이여 어디든 길을 나서 자리를 잡고 놀아라
한줌 안식을 뒤로하고 온몸에 높은 잎들을 달고
나는 일어선다
나는 전일제 노동자 휴일이란 없다
밝음의 그득함 산야의 푸르름
이 말을 전하려 아침마다 가지 끝에서는 이슬이 맺힌다
멀리 인부들의 말방울 튕기는 소리
원래 맑고 투명한 하루가 세상의 전부였다

밤이로소이다
나는 2부제 노동자 돌아옴이 반듯하다
욕망에 절여진 이들의 몸 씻기느라 노을이 나선다
욕망에 지친 인간들을 재우느라 아침을 맞는다
오늘도 고운 하루 무사히 천강(千江)을 비추고
나는 일어선다
내일은 더욱 사랑하리
내 품안에 진리의 입맞춤 가득하고
어느 아낙의 등짝에 기대는 붉은 저녁놀
그늘의 종요로움 아릿한
어둠의 안식은 자욱하여라

나에게 전하는 한마디
—로베르트 발저

이십칠 년간 정신병원과 요양원을 전전하다 1956년 성탄절 눈길 위에서 세상을 떠난 로베르트 발저. 그는 긴 시간이 흘러 전혀 상관없는 외진 곳에서 전혀 상관없는 내가 자신의 글을 읽으리라고는 상상조차 못했을 것이다. 짐작조차 할 수 없었을 것이다. 짐작조차 할 필요가 없는 그를 생각하면 마음이 따뜻해진다. 이럴 때마다 마치 밤하늘의 별을 따오는 기분이다. 별을 안고 잠이 든다. 지금은 존재하지 않을지도 모르는 별을 대할 때마다 별이 나에게 전하는 한마디는 대부분 이런 것이었다. "내가 너에게 돌아오는 이유는 하나다."

천강(千江), 이성의 우물
—장 보드리야르

개화산 곤당골 골짜기에 귀밑머리 같은 샘물이 흐르고
큰 절 밑에서 황구를 그슬려 배를 채우던 어린 날
우리집은 마당을 옮겨다니며 우물을 파고 또 파도
샘이 나지 않았다 어쩌다 겨우
한줌씩 솟는 물은 야박한 물의 속성이 아니라
바위산에 터를 잡은 할아버지 탓이었다
울에 갇힌 할아버지는 마당 안팎을 뒤지다가
당하지도 못할 마누라에게 실없는 분풀이나 하고
어린 나는 개화산 골짜기를 뒤져 가재를 잡아선
어둡고 팍팍한 우물 안에 던졌다
엄지만한 가재가 바위를 뚫는다고 말해준 이는
할아버지처럼 되는대로 바위산에 주저앉은 이들의 후손
이었고
마을서 유명한 주정뱅이 상이용사였다

우물 바깥에서 우물의 안을 넘본다는 것은
하룻강아지 같은 아이나 고수만이 할 수 있는 일이다
그가 포스트모더니즘의 고승이라 한다면 과연
그 우물은 어디서 왔고 왜 팠을까
아직도 샘은 솟는가 물은 소비에 불과하고
하늘을 긋고 지나가는 비행운조차 그에게는
널린 빨래고 숙명적 소비이며 기호겠지
기호는 재현되고 너와 나의 사랑의 방식

사랑도 인쇄된다 키스만한 모사(模寫)가 없듯이
모든 사랑은 우물 안으로 가는 길의 시작과 끝이다
그래도 물질주의와 물신주의는 다르다고 말해다오
어제의 마른잎이 땅에 닿을 때
파괴냐 생산이냐 골몰하는 우리는 너무 실없는 처지
인간의 마른잎 땅에 닿을 때
더이상 낙엽이 아닌 하나의 기호로서 땅에 닿을 때
모든 문장은 완성되고 읽혀야 한다
한 문장이 아니다 장 보드리야르
한 기다림이 세월에 닿음으로써 모두가 되고
모두를 알아볼 때 나는 내가 되는 것
나는 내가 되어 모두를 알아차린 순간
몸은 하나의 기호에 불과하다
나는 그 소비와 생산에 잠시 관여할 뿐
모든 노동도 하나의 기호를 깨는
피어남, 외로운 행위에 불과함을 전하고 싶다
그 옛날 외진 마을 어느 골짜기에서 한 방울의
한 마리의 개도 터럭도 그을려 사라지듯이
몇 마리의 가재가 바위를 뚫고 들판 너머 뻗어나가듯이
생은 일어나 기어코 흐른다는 것을

청강(千江), 꽃밭에서
—저우언라이

고통스러운 천국이거나 견딜 만한 지옥에서
인간은 인간의 태도에 따라
형기가 길 수도 있고 짧을 수도 있다
아무리 생각해도 견딜 만한 이 지옥의 반열에서
인간은 인간의 욕심에 따라
그 자리가 소유가 되기도 하고 사글셋방이 되기도 한다
그러나 고통스러운 천국에서 문제는 조금 다르다
인간의 습성에 따라 애꿎은 들길이 사라지고
뜸부기 집이 버려지기도 흥하기도 하고
담뱃갑이 볼펜이 막걸리통이 비타민병이 산으로 변한다
쪼가리가 되고 싶지 않던 대지가 막을 내린 것이다
그렇다 해도 누구에게 세상은 천국이거나 지옥일 뿐이지
견딜 만하다거나 고통스럽다는 구차한 수식어는
전적으로 내 경우의 경우

꽃 한 송이가 지난날을 다 풍요롭게 할지 몰라도
풍요로운 날들이 다 꽃을 피우는 건 아니다
살육과 변란의 대륙에서
저우 없는 마오와 덩은 없었을 것
그러나 마오와 덩이 있어 저우가 있는 것은 아니다
아이에겐 어머니가 셋이었으니
생모 완씨는 낙타 기질에 어려운 집안을 늘 웃음 속에 넣고
양모 천씨는 몰락한 집 출신이나 학식이 많아

114

자주 어린 저우 곁에서 함께 책을 보았고
병약한 두 어머니 대신 유모 장씨에게선
봉건이라는 감옥의 애환과 자유의 강인함을 배울 수 있
었다
저우는 훗날 외로움 속에도 이들을
위대한 세 어머니라 불렀다
그리운 세 고향이라 믿었다
이렇듯 모든 경우가 결과를 꽃피우진 못해도
결과가 과정을 풍성하게 만들 수 있어
저우는 그때 이미 위대한 중국의 아버지였던 것이다
그렇지 않은가
이집 저집 옮겨다니며 눈물 흘리면서도
저우는 결국 어른에서 어른으로 자라났으니
가히 중국의 행운이라 할 만하다

*

선물

오래 감옥 생활을 한 이가
차를 타고 가는 귀향길에
차와 함께 달리는 기분이라며
눈가를 적시고 잠시 바닷가에 서서
바람결에 손을 펼친다
봐요 자연이 주는 선물이에요
아름답잖아요 아,

아, 자유
자유
그 자유를 알 만하다
그러나 자유도 자연도
자연이 주는 그 어떤 선물도
아무나 받는 것은 아니다
어둠의 길고 긴 터널
혹독한 시련 뒤에 깨닫게 되는,

지금의 내 방 어느 한편에서 흘러나와
시퍼렇게 코발트빛으로 살아 반기는 자유
울며 안기는 자유
지금 내가 여기서 깨어나 제 스스로
그 선물을 받을 수만 있다면
자연은 또하나의 남은 그 선물을

다른 이에게 줄 수 있을 텐데,

그것은 또한 내가 세상에 주는
선물이기도 할 테니
나는 나의 한 생각으로 나의 힘으로
얼마나 큰일을 이룰 수 있는가
그러니 오늘
그 어느 영화의 한 장면처럼,
눈가를 적시며
일어서야겠다

변해야 좋으나

　여적 고향을 멀리 떠나보지 못한 나는 이렇게 옛친구들
이 모여 시를 쓰든 노래를 부르든 다시 거동을 하는 것이 전
혀 낯설지가 않습니다. 뭐든 한번 주어지면 평생 그러려니
살아온 처지이고, 사는 모양도 어울리는 친구도, 하는 생각
도 그 시퍼런 세월 속에 달리 물든 게 별로 없기 때문일 것
입니다.

　생각해보면 급기야 차라리 나는 태어나지 않아도 되지 않
았을까 하는 너그러운 마음까지 들기도 하는 것인데 왜냐면
내가 내보이는 모습은 아버지가 이미 옛 시절 다 보인 바고
내가 살아가며 떨치지 못하는 막막함은 어머니가 살아오며
넘치게 부딪친 일들이기 때문입니다.

　이렇게 시를 쓰며 살아가는 일도 할머니가 아궁이에 잔솔
가지 긁어모으며 부지깽이로 다 그려본 것이고 내 융통성
없는 미련함은 아버지가 늘 주워 삼키던 할아버지의 못된
모습입니다. 세상은 급변한다지만 그 시절도 하늘에 비행기
날고 서로 헤집고 싸우고 그러기 위해 과학은 발달하고 또
그런 세월에 속수무책이던 윗사람들의 마음이 곧 지금 나
의 마음이고 우리의 마음 아니겠으며 훗날 내가 몸부림을
치며 힘겹게 죽어가는 모습도 조상들이 대대로 다 해본 일
입니다. 돌아간다지만 또 영원히 돌아갈 곳은 있겠는지요.

　흙으로 잠시 돌아가 그게 대지에 묵으면 돌이 되고 바위가
될 터인데, 바위가 또 비바람 맞고 이리저리 구르다가 모래
가 되어 언젠가 한강가로 나가겠지요. 한줌 가루가 된 나는

강물을 타고 교하를 지나 강화를 돌아서 기어코 바다로 스며들겠지요. 기껏 어렵게 바다까지 가면 또 뭐하나, 짠물에 휘둘리다가 물방울이 되어 뛰어올라선 구름 속에 세탁을 하고 다시 비가 되어 내릴 것이 눈에 뻔합니다.

그럼 나는 왜 사는가 왜 이러고 있느냐 말입니다. 이런 의문도 요절한 삼촌이 해병대 시절 백령도 빠따 맞으며 다 해본 생각일 것입니다. 어쩔 수 없지, 어쩔 수 없어, 어린 날 논둑에 앉아 곰방대 뻑뻑 빨아대던 할아버지 등짝이 아직 생생한데 할아버지가 끙, 하고 문지방 들어서며 자주 하던 말도 어쩔 수 없지, 하는 요즘 내 모양 내 꼴의 긴 한숨이었습니다. 나는 여태 김포벌에 담배 연기 보태는 일은 하지 않았습니다만 껍데기만 다를 뿐 세상 흐려 보이기는 똑 매한가지입니다.

죽음은 죽어보지 않아서 모르고 죽은 뒤에는 죽어서 모른다지만, 산다는 것은 생각하지 않아도 알고 둘러보지 않아도 알고 겪어보지 않아도, 새겨넣지 않아도 그냥 지겨워서입니다. 애초부터 그런 아쉬움으로 어린것이 동산 위에 앉았으니 마을 사람들이 나를 가리켜 시인이라 일렀습니다. 그들이 제 시를 읽거나 시인을 알아서 그런 건 아닐 것입니다. 시를 알아서 시인이라 부른 것은 아니고 나도 뭘 알아서 여즉 시를 쓰는 것은 아닙니다. 할아버지의 푸념처럼 어쩔 수가 없어서 어데 갈 곳이 마땅찮아 그리하고 이리된 것입니다.

─　그렇다면 이제 남은 시간 뭘 할까, 헤아리면 그것 역시 그렇습니다. 아버지나 할아버지가 하던 대로 그냥 사는 대로 애면글면 이러구러 버티다 가겠지요. 그러면 내 자식들이 또 나를 따라 그냥저냥 살아가겠지요.

　그러나, 그러나 말입니다. 사는 게 이렇듯 다 마찬가지에 한통속 같지마는 그래서 우리 서로 다 알듯, 살아본 듯하지만 차마 이것까진 모를 것입니다.

　빡빡머리 친구와 장릉 솔밭길을 걸으며 너는 꼭 화가가 되어라 나는 시인이 될 테니, 어두워지도록 들판 끝이 몇 걸음인가 세어보던 파란 욕망과, 애린 마음 나누며 솜털 같던 다짐이 얼마나 투명했는가, 구름 갈라지며 빛나던 저만의 하늘빛이 얼마나 곱고 깊었는지, 아직 그 누구도 알 수 없을 것입니다. 어느 날인가 제주 바닷가 벤치에 앉아 영원히 함께하자던 굳은 맹세, 무덤까지 가져가자던 그 숱한 언약들이 여간 풀리지 않는 고리로 남아 있는가.

　아닙니다. 남들도 다 알고 다 해봤을 겁니다. 가슴에 다 새겼을 것입니다. 그리고 나의 아이들도 사노라면 또 그만큼의 애를 태우겠지요. 그러나, 그러나 아직 멀리 떠나보지 않은 탓인지 시를 놓지 못해 그런지 뭔가 하나만은, 한둘은 나만이 겪고 나만이 간직할 깊은 사연이 있을 법한데, 하, 꼭 어디 숨어 있을 텐데, 아닌가, 그런가, 아무튼 이번 생에 그것까지 알고 갈지는 까마아득히 오리무중이니 아뿔싸.

　─

성전의 시

소년에서 소년으로
텅 빈 성전 안에 혼자 앉아 있었지
자주 보아도 이름이 되살아나지 않는 집기들
돌아서면 잊혀지는 풍경들
그리고 누군가 남기고 간 쓰디쓴 냄새들
그곳이 나의 유일한 집이었고 안식이었지
아니 될 것을 알면서도 찾아가는 발
부릅떠도 보이지 않는 이곳을 만든 물주(物主)
모아지지 않는 생각들을 다그치면서
그래도 집에 다다르면 낯설게 반기는 내가 있어
나는 거기 다시 갈 수밖에 없었지
다다를 수밖에 없었네
너무 지친 탓에
그만한 힘이 당신에게도 있다는 것은
아예 짐작조차 할 수 없었고 다만
고장난 시계처럼 이 말에 맺혀 있을 뿐이었네
들어주소서
들어주소서
차마 말로서 하지 못하는 말
소리 잃은 이의 거친 이 노래를

작가는 마지막 시민입니다
─ 나의 망년우(忘年友) 박철 시인의 목소리를 빌려

현기영(소설가)

문학은 진실이 머무는 마지막 거처라고 말할 수 있습니다. 시인 라이너 마리아 릴케는 『두이노의 비가』에서 "이 세상 모든 것은 그것 자체가 아니다"라고 말했지요. 표피에 나타난 것만이 진실은 아니다, 라는 뜻이지요. 진실은 저절로 진실이 되는 것이 아니므로, 우선 진실의 구체적 모습을 드러내야 합니다. 무표정한 것들의 내면에 숨어 있는 진실을 찾아내는 것이 작가의 일입니다. 사물 혹은 사회현상의 침묵을 깨뜨리고 해방시켜 진실의 언어가 솟구치게 하는 일입니다. 그러나 구체적 사실의 발견만으로 진실이 온전히 드러나는 것은 아니겠지요. 그 사실에 피와 살, 숨결을 부여했을 때만이 진실이 제대로 드러나는데, 그것이 예술로서의 문학입니다.

그러한 작업을 하기 위해서는 고독이 필수적입니다. 릴케는 고독은 위대한 선물이라고, 외로움이 내면세계를 확장시켜준다고 했습니다. 작가가 외로움과 쓸쓸함을 무릅쓰고 고독을 선택한다는 것은 대상으로부터 스스로를 격리시켜 객관적 거리를 확보하기 위한 것이죠. 탐구의 대상은 자신일 수도 있고 자신의 바깥일 수도 있습니다. 작가는 시간 밖에, 세계 밖에, 집단 밖에 한 발짝 나가 있는 아웃사이더, 고독한 존재이지요. 그래서 조지프 콘래드는 작가를 '자발적 망명자'라고 했습니다. 어쩌면 작가는 아나키스트를 닮았다고 할 수도 있겠습니다. 그 무엇에도 종속되기 싫어하는 자유정신, 자기 운명을 자기가 결정하려는 자치·자율의 정신이 그렇습니다. 좀 과장해서 말한다면, 작가는 스스로 하나의 정부입니다. 작가는 자유로운 영혼을 지향합니다. 회색 공간에 수인처럼, 포로처럼 갇혀 있는 도시인들에게 그들의 내면에 잠재되어 있는 야성, 본성을 일깨워주기 위해서 먼저 자신이 자유로운 영혼이 되어야 하는 것이죠.

작가는 무슨 대단한 존재는 아닐지라도, 적어도 이윤 챙기는 장사꾼은 아닙니다. 작가들 중에는 이윤으로부터 자신을 격리시키는 이들이 적지 않습니다. 그들은 자신의 순결성을 지키기 위해 자발적으로 가난을 선택한 사람들입니다. "나는 이 세상에서 가난하고 외롭고 높고 쓸쓸하니 살아가도록 태어났다"라고 시인 백석이 말했습니다. 그렇죠, 자발적으로 가난을 선택했을 때 그것은 이미 가난이 아닙니다. 그것은 품위 있는 가난이지요. 지금은 사라진 옛 선비들의 청빈(淸貧)·청백(淸白)을 그들에게서 볼 수 있습니다.

"여러분, 모두 부~자 되세요"가 시대정신이 되어버린 이 세상을 향하여 작가는 "아닙니다, 여러분, 그런 돈부자가 아니라 마음의 부~자가 되세요"라고 말합니다. 정신적 풍요를 위해서 자발적 가난을 택했기 때문에 그들은 돈벌이 경제에는 둔감하지요. 하지만 작가는 다른 의미에서 경제적입니다. 경제(economy)의 또하나의 의미인 '검약' '절약'을 생활에서 실천합니다. 그리고 작가는 예술가이기 때문에 언어의 경제(language economy)를 무엇보다 중요시합니다. 가능한 한 적은 단어로 가능한 한 많은 말을 할 수 있

어야 좋은 시가 되고, 좋은 문장이 된다는 것이지요. 언어
를 낭비하는 요설의 글들은 돈을 벌 수는 있겠지만, 그것
은 진정한 문학은 아닙니다. 낭비하지 않는 청빈의 정신만
이 새로운 아름다움을 창조하고, 기존의 아름다움을 지켜
낼 수 있습니다.

사뭇 백석 시인을 닮아 청빈하고 쓸쓸한 표정의 박철 시
인은 이렇게 노래합니다.

하늘을 이불 삼고 땅을 요 삼고, 산을 베개 삼고 구름을
병풍 삼고, 달을 등불 삼아 유유자적하던 진묵 스님에게
도 한 가지 걱정은 있었으니, 춤을 추다 소매 자락이 곤륜
산에 걸리면 어쩌나 하는 거였다.

하늘은 먼저 간 이들에게 넘겨주고, 땅은 살아 있는 이
들에게 빼앗기고, 산은 연인들에게 내주고, 구름은 민통
선 너머로 갈 것이고, 달은 해 따라 숨을 것이나, 나에게
도 한 가지 기쁨은 있으니 맑은,

맑은 물 한 잔 마시는 일이다.

　　　　　　　　　　　　　　　　　　—「물 한 잔」 전문

앞에서 말했듯이, 문학적 탐구의 대상은 자신일 수도 있
고 자신의 바깥일 수도 있습니다. '나' 자신을 응시하여 의

미를 부여하는 문학만큼이나, '나' 바깥의 타인과 사물들 을 따뜻한 시선으로 바라보는 문학 또한 중요합니다. 평론 가 홍사중 선생의 저서에 실린 에피소드 하나를 여기에 소 개해봅니다.

어느 화창한 봄날, 한 시인이 지하철 입구로 들어서다가 한쪽 귀퉁이에 앉아 구걸하는 어떤 노인을 보았다. 노인 의 목에 걸린 네모진 종이 판때기에 "저는 앞을 볼 수 없 는 맹인입니다. 한푼만 적선해주세요"라고 쓰여 있었다. 그 앞에 놓인 조그만 플라스틱 그릇은 지전 한 장 없이 비 어 있었다. 시인이 걸음을 멈추고 하루에 얼마가 들어오 느냐고 물었더니, 노인은 '많아야 오천원 정도'라고 말했 다. 그러자 시인은 근처 편의점에서 매직펜을 사와서 종 이 판때기 뒷면에다가 뭐라고 쓰고는 그 뒷면이 앞에 오 도록 고쳐 매어주었다. 그리고 한 달쯤 지난 뒤 시인이 그 앞을 지나다가 맹인 노인에게 요즘엔 얼마나 벌리느냐고 물었다. 그러자 노인이 크게 반색하면서, 도대체 여기에 뭐라고 썼기에 사람들이 그렇게 많은 돈을 주느냐고 물었 다. 시인이 쓴 글은 이러했다. "봄이 오고 있습니다. 그러 나 나는 볼 수 없습니다."*

* 홍사중, 『행복에 이르는 일곱고개—내 인생을 빛나게 하는 삶의 기술』(이다미디어, 2013)에 나오는 내용을 변용했다.

"봄이 오고 있습니다. 그러나 나는 볼 수 없습니다."이 문장은 아주 짧았지만, 행인들에게 깊은 감동을 주었기 때문에 그 자체로 훌륭한 시라고 말할 수 있을 것 같습니다. 이처럼 작가는 차별받고 가난한 자에게 짙은 연민을 느끼는 존재입니다. 앞에서 언급했듯이, 작가에게는 '자기 응시'뿐만 아니라, '나' 바깥의 것, 특히 '나' 이상의 것을 끌어안는 일도 중요합니다.

그래서 작가는 자기 글에서 '나'를 사회와 역사에 연결하여 다루기도 하지요. 작가는 사회적 정의에 민감합니다. '작가'라는 칭호가 생긴 이래로 작가는 자신의 안위보다도 정의를 지향해왔습니다. 과거 독재 정권들이 거짓으로 무장한 자신을 정당화하기 위해 철권을 휘둘러 정의를 쓰러뜨렸을 때, 인간 생명의 본질인 자유를 박탈함으로써 전 국토의 인원을 사물화(死物化)하려고 했을 때, 많은 작가들이 분연히 일어나 거기에 저항했습니다. 자유, 특히 표현의 자유는 작가에게 생명줄이나 다름없습니다.

그런데 오랜 세월 동안 억압되었던 자유가 민주화 운동의 성공으로 마침내 족쇄에서 풀려나게 되었을 때, 참으로 야릇한 일이 벌어졌습니다. 풀려난 자유가 때마침 들이닥친 신자유주의의 거센 파도에 휩쓸리더니 크게 변질되고 만 것입니다. 갑자기 자유 남발의 시대가 시작되었지요. 시장을 인위적 개입 없이 자유롭게 놔두자는 것이 신자유주의의 논리인데, 그래서 고삐 풀린 욕망들이 서로 야만적 쟁투를 벌였습니다. 개인의 자유는 남에게 해를 끼치지 않는 범위 내에서 많으면 많을수록 좋지만, 시장의 자유는 많으면 많을수록 정직하게 사는 사람들에게 해가 됩니다. 그런데 신자유주의는 개인에게도 시장에도 거의 모든 자유를 허용하면서 자유의 남용을 부추깁니다. 자유에는 반드시 책임이 따라야 하는데, 그것은 책임 없는 자유이지요. 책임에서 해방된 자유이기 때문에 예전처럼 사람들이 양심의 가책으로 주저하는 일도 없어졌습니다. 민주주의는 자유뿐만 아니라 평등도 지향하는 이념입니다. 그런데 지금은 자유가 약육강식의 도구가 되어버렸습니다. 사람들의 자유와 욕망은 서로에게 흉기가 되었고, 시장은 약육강식의 정글이 되어버렸지요. 돈이 돈을 먹고, 개가 개를 먹고, 인간이 인간을 먹는 아수라판입니다.

그 결과 팔십 퍼센트 대 이십 퍼센트의 빈부 양극화 현상이 나타났습니다. 이십 퍼센트가 시장을 주무르고, 나머지 팔십 퍼센트는 거기에 질질 끌려다니는, 자본의 독재 시대가 열린 거지요. 그 팔십 퍼센트는 자기에게 모든 자유가 주어진 듯하나, 실은 가치 있는 것은 그 무엇도 할 수 없는 무력한 존재인 겁니다. 좀 과격하게 말해서, 그들이 가진 자유란 손에 쥔 스마트폰을 작동할 자유뿐입니다. 스마트폰을 통해서는 진지하고 참다운 가치가 담긴 콘텐츠를 누리기 어려운 반면에, 가볍고 감각적이고 자극적인 콘텐츠는 너무도 쉽게 접하게 됩니다. 그래서 더욱 쉽게 거기에 빠져듭니다. 많은 사람들의 의식 세계가 스마트폰에 지배당하다시피 하고 있어요. 도덕적 올바름에 대한 감각이 점점 무뎌지고 있습니다. 그러한 현상은 특히 젊은층에 뚜렷합니다.

자본의 독재는 물질적인 것들뿐만 아니라 정신적인 가치까지 상품화시켜 시장의 논리에 맡겨버립니다. 이 시장에는 자유와 다원주의를 표방하는 새로운 형태의 미신과 비합리주의가 횡행합니다. 대중의 도덕적 감각이 무뎌진 상황에서 서로 다른 의미들이 쟁투를 벌이는 거죠. 그 의미들의 대부분은 사소하거나 경박한 것들인데, 그러한 것들이 자극적이고 재미있기 때문에 상품으로서 인기가 높습니다. 그리하여 올바른 정신적·미학적 가치들이 시장 소유의 비율에 따라 선택되거나 버려지는 것이지요. 예전엔 미추의 구별, 선악의 구별이 뚜렷했는데, 지금은 그 구별이 점점 흐릿해져 가고 있습니다. 악도 존재 가치가 있는 것처럼 여겨지고 있어요. 진실과 거짓도, 명예와 불명예도 시장이 선택합니다.

객관적인 진실을 무시하고, 자신이 원하는 걸 진실이라고 강변하는 사람들도 많아졌습니다. 진실과 이별한 '탈진실'의 시대입니다. 극우 세력이 '표현의 자유'를 표방하면서 국가 폭력의 희생자들을 폄훼하고, 친일 분자를 애국자로 둔갑시키는 등 황당한 언설로 여론을 선동하고 있는데, 그 선동이 일부 대중에게 그대로 먹혀들고 있음은 우리가 지금 목격하고 있는 바입니다. 어떠한 경우에라도 지켜져야 할 인간의 대의, 참된 정신적 가치들마저 시장의 상품처럼 인기가 있어야 선택받게 된 것이지요. 가볍고 빠르고, 짜릿하고 감각적인 것에 익숙해져버린 사람들에게 사회정의나 역사 따위의 무겁고 진지한 화두는 인기가 없게 마련입니다.

이러한 현상은 문학에도 그대로 반영됩니다. 문학에서 지적이고 윤리적인 요소들은 희미해졌고, 진지한 서정의 아름다움도 만나기 어려워졌어요. 자유를 억압하는 독재 시대에 시인들은 서정시 쓰기가 몹시 부담스러웠지만, 그 억압이 풀린 지금 우리는 오히려 부박한 세태에 의해 서정시가 외면당하는 아이러니를 경험하고 있습니다. 베르톨트 브레히트가 말한 '서정시를 쓰기 힘든 시대'가 '서정시가 부재한 시대'로 변해버린 듯합니다.

요컨대 진지한 문학은 시장에서 잘 팔리지 않습니다. 신문 방송도 외면하기 일쑤입니다. 그래서 작가는 진지한 글을 쓰고 싶어도 팔리지 않기 때문에 주저하게 됩니다. 표현의 자유를 누리지 못하고 있는 거지요. 과거에는 군사독재가 그렇더니, 지금은 시장 파시즘, 자본 독재가 표현의 자유를 제한합니다. 조금이라도 팔리는 작가가 되려면, 그러한 부박한 시장의 논리에 영합하지 않을 수 없는 상황입니다. 그래서 문학의 이름으로 출판되는 작품들 중에서 가벼운 것들이 많아졌습니다. 진지한 주제의식이 결여되거나, 박약한 것들, 무해 무익, 해롭지도 않고 이롭지도 않은, 심심한 글들…… 문학의 순수성이 오염되고 있습니다.

이 사회 도처에서 진실한 것, 정당한 것, 아름다운 것들이 이와 같이 도전을 받고 있습니다. 무한 질주의 사회입니다. 성장을 표방하고, 디지털의 명령에 따라 모두들 와글거리며 바쁘게 달려갑니다. 작가의 거처인 정적·침묵·고독의 자리가 도전받고 있지요. 요란하게 달려가는 사람들 곁으로 중요한 사건들, 소중한 가치들, 아름다운 의미들이 잠깐 부딪쳤다가 그냥 스쳐지나갑니다. 그것이 무엇인지, 무슨 뜻인지, 해명되지 않은 상태로 그냥 스쳐지나가 망각의 늪에 빠져버립니다. 그것들은 인간의 영혼과 깊이 관계있는 매우 소중한 것들이지요. 말을 타고 질주하는 인디언은 자기 영혼이 따라올 수 있게 도중에 몇 번 멈춰 서서 돌아본다고 합니다. 그렇지요. 계속 너무 빨리 달리면 영혼이 따라오지 못하지요. 무한 질주의 사람들에게는 잠깐일망정 도덕적으로 깨어 있는 시간이 드물고, 사물을 관조할 수 있는 조용한 공간도 좀처럼 나타나주지 않습니다.

그렇지요, 바로 그 시간, 그 공간이 작가가 있어야 할 자리이지요. 작가에게 무엇보다 중요한 것은 영혼의 자유로움입니다. 작가는 달리다가도 영혼이 따라올 수 있도록 멈춰 서서 뒤돌아봅니다. 허겁지겁 따라오는 영혼이 다가오기를 기다려야 합니다. 작가는 와글거리는 질주의 소음 속에서 정적과 침묵, 고독의 공간을 완강하게 지켜냅니다. 운명처럼 외롭고 높고 쓸쓸한 그 공간에서 작가는 부박한 세태 속에 빠르게 잊혀가는 소중한 의미들, 아름다운 것들을 성찰하고 그것들을 망각에서 구해서 눈에 보이게 뚜렷하게 재현해내는 일을 해야 하겠지요.

작가는 자기가 속한 세계에서 한 발짝 밖으로 나와 있는 아웃사이더, 조지프 콘래드가 말한 자발적 망명자이지요. 독일 철학자 아도르노가 말한 것처럼, 작가는 대다수 동시대인의 끝에 서 있는 '마지막 시민'이지요, 그렇지요. 작가는 대다수 시민들에게 익숙한 것들, 즉 디지털 체제 속의 부박한 일상, 전도된 가치 체계에 이의를 제기하는 존재입니다. 모든 사람이 듣기 원하는 안이하고 달콤한 것만을 다루는 문학은 별로 중요하지 않습니다. 문학의 윤리는 원래부터 지배적 시대정신에 대한 저항이었으니까요. 그래서 나의 친구 시인 박철은 이렇게 노래한 것 아닐까요?

그래도 뭔가 말해줘야 한다면
나는 깊은 암맥 속 곰삭은 말을 꺼낸다
지금이야말로 시를 쓸 때다
시를 써야 할 때는 지금이다
새떼 잠 깨어 화염 속으로 물들고 놀은 번지고

밤마다 멀리 쇳덩이 끄는 소리
곧 거친 세상이 올 거다
지금은 꽃씨를 삼켜야 할 때
눈뜨고 거리에 서야 할 때

그럼 피리라 너는

—「허풍쟁이들」부분

박철 『창비1987』에 시를 발표하며 작품활동을 시작했다. 시집『김포행 막차』『밤거리의 갑과 을』『새의 전부』『너무 멀리 걸어왔다』『영진설비 돈 갖다 주기』『험준한 사랑』『불을 지펴야겠다』『작은 산』『없는 영원에도 끝은 있으니』『새를 따라서』, 동시집『설라므네 할아버지의 그래 설라므네』『아무도 모르지』, 소설집『평행선은 록스에서 만난다』 등을 펴냈다. 천상병시문학상, 백석문학상, 노작문학상, 이육사시문학상 등을 수상했다.

―― 문학동네시인선 220

대지의 있는 힘

ⓒ 박철 2024

―― 초판 인쇄 2024년 8월 26일

초판 발행 2024년 9월 9일

지은이 | 박철

책임편집 | 정민교

편집 | 서유선 김내리

디자인 | 수류산방(樹流山房) 본문 디자인 | 최미영

저작권 | 박지영 형소진 최은진 오서영

마케팅 | 정민호 서지화 한민아 이민경 왕지경 정경주 김수인 김혜원 김하연
김예진

브랜딩 | 함유지 함근아 박민재 김희숙 이송이 박다솔 조다현 정승민 배진성

제작 | 강신은 김동욱 이순호

제작처 | 영신사

펴낸곳 | (주)문학동네

펴낸이 | 김소영

출판등록 | 1993년 10월 22일 제2003-000045호

주소 | 10881 경기도 파주시 회동길 210

전자우편 | editor@munhak.com

대표전화 | 031) 955-8888 팩스 | 031) 955-8855

문의전화 | 031) 955-2696(마케팅), 031) 955-8864(편집)

문학동네카페 | http://cafe.naver.com/mhdn

인스타그램 | @munhakdongne 트위터 | @munhakdongne

북클럽문학동네 | http://bookclubmunhak.com

ISBN 979-11-416-0128-7 03810

www.munhak.com

―― **문학동네**